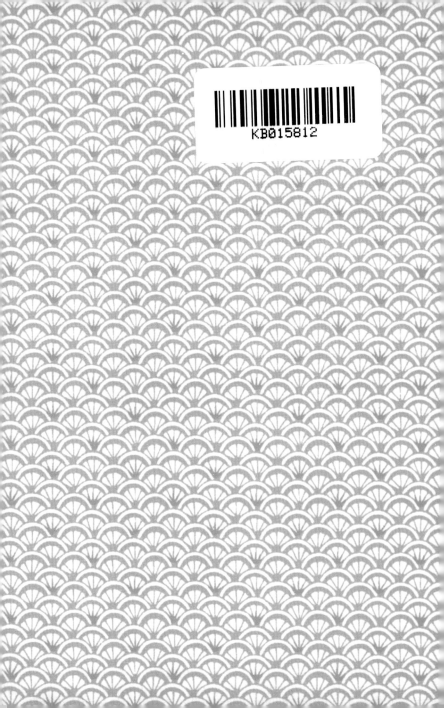

太宰治

사 양

다자이 오사무

김동근 옮김

| 차례 |

다마가와 죠스이 수로를 바라보는 다자이 오사무
(얼마 후 여기에 뛰어들어 자살)

다자이 오사무

다자이 오사무。본명 쓰시마 슈지는 1909년 6월 19일、아오모리현 기타쓰가루 군 가나기마치라는 마을에서 열한 남매 중 열 번째 아이、여섯 번째 아들로 태어났습니다。쓰시마 가문은 증조부 때부터 소작과 고리대금업으로 막대한 부를 쌓은 신흥지주로、다자이가 태어났을 무렵에는 은행과 철도 사업까지 진출하였으며 이렇게 축적한 거대자본을 이용해 정계에도 영향력을 행사하는、이른바 아오모리 굴지의 명문가로 이름을 떨쳤습니다。

쓰가루 평야 한복판、인구 5천의 작은 마을 가나기에서、쓰시마 가문은 영주와 다름없었습니다。600백 평 대지에 둘러쳐진 높이 4미터의 벽돌담、그 위로 솟아오른 대저택의 붉은 지붕은 궁궐을 방불케 했습니다。저택 안뜰에는 추수한 곡식으로 넘쳐나는 창고와 스무 개가 넘는 방이 있었음에도、쓰시마 가문의 여섯 번째 도련님 슈지의 방은 어디에도 없었습니다。병약한 어머니에게서 태어난 다자이는 유모의 젖을 먹고 자랐고、남편과 사별한 후 쓰시마 가문에 몸을 의지하고 있던 이모 기에가 그를 친자식처럼 돌봐주었습니다。가부장적인 아버지는 정치 활동과 맏형 분지를 후계자로 키우는 일로 항상 바빴기 때문에、다자이는 집안일을 돌보는 하인들과 가깝게 지내며 그들 속으로 섞여 들어갔습니다。

　가나기 심상소학교를 거쳐 현립 아오모리 중학교에 입학한 다자이는 친척 집에 머무르며 학교에 다녔습니다。중학교를 우수한 성적으로 졸업하고 진학한 히로사키 고등학교는 전원 기숙사 생활을 해야 하는 규칙이 있었으나、부잣집 도련님 다자이만은 예외였습니다。그는 집을 떠나 친척집을 전전하면서 비로소 자기 방을 갖게 되었고、그때부터 문학의 길을 꿈꾸었습니다。존경해 마지않던 아쿠타가와 류노스케의 음독자살 소식이 들려올 즈음、성실한 학생이었던 다자이는 친구들과 어울려 아오모리의 요정에 드나들며 소설을 논하는 멋쟁이 문학청년이 되어 있었습니다。고등학교 2학년 때는 급우들과 함께 문학잡지『세포문예』를 간행하였고 그 밖의 여러 문학잡지에 이런 저런 가명으로 글을 발표하며 본격적인 창작활동을 시작했습니다. 그리고 때마침 유행하기 시작한 좌익사상에 매력을 느꼈지만 프롤레타리아 혁명을 추구하는 좌익이념과 대지주의 아들이라는 본인의 신분이 충돌하는 현실에 혼란을 느낀 다자이는 수면제를 다량 복용하여 자살을 기도했다가 미수에 그쳤습니다.

그 후, 1930년, 21세 나이로 도쿄제국대학 불문과에 입학하여 도쿄에서 하숙생활을 시작했고 중학교 시절부터 존경하던 소설가 이부세 마스지를 찾아가 그의 제자가 되었습니다. 그해 가을, 고교 시절부터 알고 지내던 게이샤 오야마 하쓰요가 다자이를 찾아 도쿄로 올라왔고, 둘은 동거를 하게 되었습니다. 이 소식을 듣고 맏형 분지가 급히 상경했지만 다자이의 마음을 바꿀 수는 없었습니다. 지방의 유력 명문가로서 도저히 용납할 수 없는 일이었기에 분지는 다자이를 호적에서 제적하였습니다. 훗날 정식으로 결혼식을 올린다는 조건으로 일단 하쓰요를 아오모리로 돌려보낸 다자이는 그해 11월, 긴자의 술집 종업원 다나베 시메코와 가마쿠라 앞바다에 투신하여 동반자살을 기도했습니다. 그러나 시메코만 죽고 다자이는 살아남아 자살방조 혐의로 조사를 받았는데, 맏형이 손을 써서 기소유예로 풀려날 수 있었습니다. 이후 다자이와 하쓰요는 쓰가루 산속 여관에서 둘만의 결혼식을 올렸습니다. 그리고 이듬해 2월, 도쿄 시나가와에 신혼방을 차렸고 맏형 분지에게 사정하여 다달이 생활비를 받아 살림을 꾸려 나갔습니다.

도쿄제국대학 학생이기는 했지만 문학가의 길을 걷기로 마음먹은 이상 꼭 졸업해야 할 이유는 없었습니다. 수업도 거의 듣지 않고 밤낮없이 긴자 거리를 방황했고, 도서관에서 대출한 책을 읽으며 훗날 『만년』이라는 책으로 엮여 나올 작품들을 드문드문 써 내려갔습니다. 생활고와 미래에 대한 불안감에 술로 하루를 보내던 다자이는 건강이 급격히 악화되었고, 그 무렵에 폐병을 얻었습니다. 하지만 일생의 문우들인 야마기시 가이시, 단 가즈오, 이마 하루베, 쓰무라 노부오, 곤 간이치, 나카하라 츄야 등과 함께 동인잡지 『푸른 꽃』을 창간했습니다. 『푸른 꽃』은 창간호를 끝으로 폐간되고 말았으나, 이후 『일본낭만파』에 합류하여 작품 활동을 이어 나가는 계기가 되었습니다.

27세가 되던 1935년 3월, 다자이는 어느 신문사에 입사지원을 했지만 탈락의 고배를 마시게 되었고, 이에 실망한 나머지 가마쿠라에서 목을 매 자살을 시도했지만 그마저도 실패를

했습니다。그 후 맹장염에 걸려 병원에 입원하여 치료를 받았
는데 복막염으로 발전하여 중태에 빠졌고、본가의 지원을 받
아 치료 후 요양을 위해 치바현 후나바시로 거처를 옮겼습니
다。단칸 하숙방을 전전하던 다자이에게 처음으로 허락된 단
독주택이었습니다。하지만 다자이는 진통제로 처방된 파비날
에 중독되었고、파비날 중독은 앞으로 다자이의 인생과 문학
에 커다란 영향을 끼치게 됩니다。후나바시에 머문 1년 3개월
동안 다자이의 몸과 마음은 약에 찌들어 갔습니다。다자이는
약을 사기 위해 지인들을 찾아다니며 갚을 기약 없는 돈을 빌
렸고 빚은 점점 늘어났습니다。

　여름이 한창인 8월이었습니다。지난 2월에 발표한 작품『역
행』이 제1회 아쿠타가와상 후보에 올랐습니다。상금은 5백
엔。다자이는 그 돈이 꼭 필요했습니다。다급한 나머지 아쿠
타가와상 심사위원 사토 하루오를 찾아가 당선을 종용하는
등 그의 언동은 이미 정상이 아니었습니다。비록『역행』은 차
석에 그쳤지만 이를 계기로 다자이는『문예춘추』등 유력 문
학지에서도 원고 의뢰를 받게 되었습니다。다자이의 불안정한
심리상태를 염려한 지인들의 도움으로、약물에 중독된 상태로
목숨을 걸고 써 내려간 유서와도 같은 작품들이『만년』이라

는 한 권의 책이 되어 출판되었습니다. 파비날 중독 시기에 쓴 독특한 발상과 특이한 문체의 이 작품들은 약물중독 당시 다자이의 심경을 잘 나타내고 있습니다. 출판기념회에 모인 문인들은 심신이 피폐해진 다자이의 몰골을 보고 깜짝 놀랐습니다. 그로부터 석 달 후, 스승 이부세 마스지의 권유로 다자이는 정신병원에 입원하여 약물중독 치료를 받았습니다. 이때 느낀 좌절감은 『HUMAN LOST』라는 작품에 고스란히 나타나 있습니다. 하지만 병원에 입원한 사이, 먼 친척이자 친구처럼 지내던 서양화가 고다테 젠시로와 아내 하쓰요가 간통한 사실을 알게 되었고, 충격을 받은 다자이는 이러지도 저러지도 못하다가 결국 하쓰요와 함께 군마현 산속에서 수면제를 먹고 자살을 기도했습니다. 그러나 역시 실패했고, 도쿄로 돌아오자마자 그녀와 이혼을 했습니다. 하쓰요와 이별한 다자이는 동료 문인들과 여행을 다니며 그동안 지친 몸과 마음을 추슬렀습니다. 그러나 약물중독으로 정신병원에 입원했다는 사실이 알려지자 원고 청탁은 완전히 끊겼습니다.

　1938년. 다자이 오사무, 29세. 문학가로 살아갈 것을 다짐한 그는 스승 이부세 마스지가 머물렀던 미사카 고개의 한 찻집으로 가서 다시 집필활동을 시작했습니다. 그리고 이부세 마스지의 소개로 일생의 반려 이시하라 미치코를 만나 이듬해 결혼식을 올리고 처가가 있는 고후에서 신혼살림을 시작했습니다. 그리고 가을, 도쿄 미타카로 거처를 옮겼습니다. 평화로운 가정, 안정된 생활, 규칙적인 집필. 작품이 속속 발표되었습니다.『부악백경』『여학생』『유다의 고백』『달려라 메로스』『신햄릿』『동경팔경』『치요조』 등 수작이 쏟아져 나왔습니다. 다자이 인생의 황금기였습니다. 그의 곁에는 성실한 아내와 우여곡절마다 함께해 준 스승 이부세 마스지, 일생의 벗들이 있었고 다자이를 만나고자 각지에서 소설가 지망생들이 미타카로 몰려들었습니다. 33세 되던 해, 장녀 소노코가 태어났습니다. 세상에 부러울 것이 없었습니다. 곧이어 불어닥친 전쟁의 바람에도 다자이는 집필을 멈추지 않았습니다.

하지만 패색이 짙어지던 전쟁 말기, 공습으로 불탄 미타카 집을 떠나 처가가 있는 고후로, 고후에서 다시 고향 쓰가루로, 피난을 가야만 했습니다. 1946년 말, 다자이는 미타카로 다시 돌아왔습니다. 전쟁으로 생긴 공백을 메우려는 듯 신문과 잡지가 속속 창간되었고, 저널리즘의 총아가 된 다자이에게 원고 청탁이 쇄도했습니다. 하루가 멀다 하고 찾아오는 방문객을 피해 아침 아홉 시에 집을 나와 비밀 작업실에서 오후

세 시까지 글을 썼으며, 하루 작업량은 원고지 다섯 장。 꾸준 했습니다。『메리크리스마스』『비용의 아내』『범인』 등이 이 시 기에 완성되었습니다。 일이 끝나면 미타카역 앞 장어구이집에 앉아 술을 마셨고, 친구나 기자들은 약속도 없이 장어구이집 으로 찾아와 다자이를 만났습니다。 그는 특유의 화법으로 방 문객들을 웃겨 주는 서비스를 잊지 않았습니다。

　1947년 2월, 38세。 다자이는 가나가와현에 사는 오타 시즈 코라는 여성을 찾아가 그곳에서 며칠을 머물며 몰락한 귀족을 주인공으로 한 소설의 초안을 작성했습니다。 그리고 이즈 반 도의 여관을 전전하며 1장과 2장을 집필, 미타카 작업실에서 나머지를 완성하여 7월에 발표했습니다。 소설의 제목은 『사 양』。 어마어마한 반응을 일으키며 흥행에 성공했고 다자이는 단숨에 인기 작가 반열에 올랐습니다。 오타 시즈코의 일기장 에서 모티브를 얻었다고는 하나, 패전 직후 농지개혁으로 몰 락한 쓰시마 가문에 대한 애잔함도 분명 집필의 주된 동기였 을 것입니다。 그리고 11월, 오타 시즈코와의 사이에서 딸 하루 코가 태어났습니다。

　『사양』 발표 후 시작된 지독한 불면증과 나날이 심해지는 각혈, 다자이는 죽음을 직감했습니다。 그리고 자신의 문학과

삶의 총결산인 『인간실격』의 집필에 혼신을 다했습니다. 『인간실격』은 1948년 3월에 집필을 시작하여 5월 하순에 완성되었고 문학잡지 『전망』 6월호에 3부작으로 연재될 예정이었습니다. 1회부터 폭발적인 반응이 나왔습니다. 일본이 들끓었습니다. 하지만 다자이는 이미 이 세상 사람이 아니었습니다.

6월 13일, 다자이는 전쟁 미망인이었던 야마자키 도미에와 몸을 묶고 다마가와 죠스이 수로에 몸을 던져 함께 목숨을 끊고 말았습니다. 때마침 내린 비로 물이 불어 수색에 어려움을 겪다가 며칠 후인 6월 19일, 하류에서 시체가 발견되었는데, 공교롭게도 그의 생일이었습니다. 책상 위에는 아사히신문에 연재하기로 한 소설 『굿바이』의 미완성 원고와, 아내와 친구에게 남긴 유서, 아이들에게 줄 장난감이 놓여 있었습니다.

다자이 오사무。 향년 39세。
그렇게、 모든 것이、 지나갔습니다。

斜 陽 _{사 양}

다자이 오사무 **太 宰 治**

소와다리

1

아침、식당에서 수프를 한 술、살포시 떠 드시던 어머니、

"아。"

하고 가냘픈 소리를 내셨다。

"머리카락?"

수프에 뭔가、이상한 거라도 들었나、싶었다。

"아니。"

어머니는、아무 일 없었다는 듯、다시 한 술 호로록、수프를
입에다 흘려 넣고는、새치름히 고개를 옆으로 돌려、부엌 창문
으로 보이는、만개한 산벚나무에 눈길을 주면서、그리고 얼굴
을 옆으로 향한 채、또 호로록 한 술、작은 입술 사이로 수프

를 흘려 넣으셨다。호로록、이라는 표현、어머니한테는、절대로 과장이 아니다。여성 잡지 같은 데 나오는 식사 에티켓과는、정말 완전히 딴판이다。남동생 나오지가 언젠가、술을 마시며、누나인 나한테 이렇게 말한 적이 있다。

"작위만 있다고、다 귀족이라고 할 수는 없어。작위는 없어도、하늘이 내린 천작이라는 게 있는 훌륭한 귀족도 있고、우리처럼 작위만 있지、귀족은커녕、천민에 가까운 사람도 있다구。이와시마(라고 나오지 학교 친구인 백작 이름을 대며) 같은 그런 놈은 말이야、참 나、신쥬쿠 사창가 삐끼보다、훨씬 천박해 보이잖아。요전에도、야나이(라고、역시나 동생의 학교 친구로、자작의 둘째 자제분 이름을 대며) 네 형님 결혼식에、그 새끼、턱시도를 걸치고 왔는데、그딴 걸 입고 올 필요가 있느냔 말이야、그래 그건 그렇다 쳐、축사할 때、그 자식、이옵니다하옵니다、하고 이상한 말투를 쓰잖아、우엑。거만이라는 건、품위하고는、전혀 관계없는 싸구려 허세야。'고급 하숙집'이라고 적힌 간판이 혼고* 언저리에 꽤 많은데、사실상 화족**이라는 작자들이 대부분、고급 거지인 거랑 똑같은 거지。진짜 귀족은、이와시마처럼 그런 어설픈 거드름 따위、피우지도 않는다

* 옛 도쿄에 존재했던 행정구역으로, 현재 우에노 서쪽 일대.
** 1869년 영주와 조정대신의 계급을 통합하고, 국가유공자에게 작위를 주면서 생긴 계급으로 등급에 따라 공작, 후작, 백작, 자작, 남작으로 나뉜다. 1947년에 폐지.

구。우리 식구 중에서、진짜 귀족은、뭐、엄마 정도일걸? 엄마
는、진짜야。못 말리는 구석이 있다니까。"

수프 드시는 것만 보더라도、우리는、접시 위로 살짝 고개
를 숙이고、그리고 스푼을 옆으로 들고 수프를 떠서、스푼 옆
구리를 입가로 가져가 먹지만、어머니는 왼손 손가락을 가볍
게 테이블 가장자리에 걸치고、상체를 구부리지도 않고、고
개를 똑바로 든 채、접시를 제대로 보지도 않고 스푼을 옆으
로 들고 살포시 떠서、그리고、제비처럼、이란 표현을 쓰고 싶
을 만큼 가볍게 산뜻하게 스푼을 입과 직각이 되게끔 가져다
대고、스푼 머리끝으로、수프를 입술 사이로 흘려 넣는다。그
리고 무심한 듯 여기저기 곁눈질을 하면서、사부작사부작、마
치 작은 날개처럼 스푼을 다루시는데、수프 한 방울 흘리는
법이 없고、먹는 소리도 접시 소리도、일절 내지를 않으신다。
그것은 흔히 말하는 정식 예법에 맞는 에티켓은 아닐지 몰라
도、내 눈에는、몹시도 사랑스럽고、그야말로 진짜처럼 보인다。
또、사실、마실 것은、입에 흘려 넣듯 해서 마시는 게、이상하
게 맛있다。그렇지만、나는 나오지 말마따나 고급 거지、어머
니처럼 그렇게 가볍게 손쉽게 스푼을 놀리지 못하니、별수 없
이、포기하고、접시 위로 고개를 처박은 채、이른바 정식 예법

에 따라 음침한 방식으로 먹는다.

수프뿐 아니라, 어머니가 음식을 드시는 방법은, 어지간히 예법과 동떨어져 있다. 고기가 나오면, 나이프와 포크로, 데꺽데꺽 전부 작게 조각을 내버리고, 그러고 나서 나이프는 내팽개친 채, 포크를 오른손으로 옮겨 쥐고, 한 조각 한 조각 포크로 찍어 천천히 기분 좋게 드신다. 또, 뼈가 있는 치킨 같은 건, 우리가 접시 소리 내지 않고 살점을 잘라내느라 애를 먹고 있을 때, 어머니는, 아무렇지 않게 손가락 끝으로 뼈 부분을 가볍게 잡고, 입으로 뼈와 살을 깨끗이 발라내신다. 그런 야만적인 몸짓도, 어머니가 하면, 귀여울 뿐이랴, 묘하게 에로틱해 보이기까지 하니, 과연 진짜는 다르다. 뼈 있는 치킨만 그런 게 아니라, 어머니는, 점심 반찬으로 나온 햄이며 소시지 같은 것도, 살짝 손가락 끝으로 집어서 드시곤 한다.

"주먹밥이, 왜 맛있는지, 아니? 그건 말이야, 사람이 손으로 꽉 쥐어서 만들어서 그런 거야."

하고 말씀하신 적도 있다.

정말, 손으로 먹으면, 맛있을 거야, 하는 생각을 나도 하기는 하지만, 나 같은 고급 거지가, 어설프게 그걸 흉내 냈다가, 그야말로 진짜 거지가 되어버릴 것 같아 자제하는 중이다.

동생 나오지조차、엄마한테는 못 당하겠다고 하는데、정
말 나도、어머니의 행동이 난처해서、절망 비슷한 감정까지 느
끼기도 한다。언제였던가、니시카타마치*에 있는 집 안뜰、초
가을 달이 예쁜 밤이었는데、나는 어머니와 둘이서 연못가 정
자에서、달구경을 하다가、여우가 시집갈 때랑 생쥐가 시집갈
때、신부가 어떻게 단장을 하는지、웃으면서 그런 이야기를 하
던 중에、어머니는、갑자기 일어나、정자 옆 싸리 덤불 속으로
들어가서、그리고、싸리 흰 꽃 사이로、꽃보다 훨씬 산뜻하고
뽀얀 얼굴을 내밀더니、살짝 웃으며、

"가즈코야、엄마 지금 뭐 하게? 맞춰보렴。"

하고 물으셨다。

"꽃을 꺾고 계시죠。"

하고 대답했더니、작은 소리로 웃으시고는、

"쉬하지。"

하고 말씀하셨다。

쪼그려 앉아 계신 게 아니라 깜짝 놀라기도 했지만、그렇지
만、나 같은 건 도저히 흉내 낼 수 없는、정말로 사랑스러운 느
낌이 있었다。

●우에노 서쪽、제국대학(現도쿄대학) 근처에 위치한 주택가。예술가와 학자들이 많이 살았다。

오늘 아침 수프 이야기에서、꽤나 벗어나버렸는데、요전에 어떤 책을 읽고、루이 왕조 시대 귀부인들은、궁전 정원이나、아니면 복도 구석 같은 데서、아무렇지 않게 오줌을 누었다는 사실을 알게 되어、그 무신경함이、정말로 귀여워서、우리 어머니야말로、그런 진짜 귀부인 중에서 마지막 남은 한 사람이 아닐까 생각했다。

그런데、오늘 아침에는、수프를 한 술 드시다가、작은 소리로、아、하시기에、머리카락? 하고 여쭈니、아니、하고 대답하신다。

"짜요?"

오늘 아침 수프는、얼마 전 미군에서 배급한 통조림 완두콩을 체로 걸러、내가 포타주* 처럼 만든 것인데、워낙 요리에 자신이 없다보니、어머니는、아니、라고 말씀을 하시지만、더더욱、조마조마하여 그렇게 물었던 것이다。

"잘 만들었어。"

어머니는、진지하게 그렇게 대답하시더니、수프를 다 드시고、그러고 나서 김에 싼 주먹밥을 손으로 집어 드셨다。

나는 어렸을 때부터、아침에는 입맛이 없어、열 시쯤 되기

●밀가루와 버터를 볶은 루(roux)에 체로 거른 생선, 고기, 야채 등을 넣고 걸쭉하게 끓인 프랑스식 수프。

전에는, 배가 고프지 않았고, 그때도, 수프는 겨우겨우 비웠지만, 밥은 먹기가 너무너무 싫어서, 주먹밥을 접시에 올려놓고, 그걸 젓가락으로 쑤시고 헤집어, 뭉그러뜨리고, 그리고, 그 부스러기를 하나씩 젓가락으로 집어, 어머니가 스푼으로 수프를 드실 때처럼, 젓가락을 입과 직각이 되게, 마치 새끼 새에게 먹이를 주는 식으로 입에 밀어 넣고는, 우물우물하면서 먹었는데, 그 사이에 어머니는 벌써 식사를 모두 마치고, 가만히 일어나, 아침 해가 드는 벽에 등을 기대고 서서, 한동안 말없이 내가 밥 먹는 모습을 지켜보시다가,

"가즈코는, 아직, 못쓰겠네. 아침밥이 제일 맛있어야지."

하고 말씀하셨다.

"어머니는요? 맛있어요?"

"그야 그렇지, 난 환자가 아니니까."

"저도, 환자 아녜요."

"못써, 못써."

어머니는, 쓸쓸히 웃으며 고개를 저었다.

나는 5년 전에, 폐병이라는 구실로, 몸져누운 적이 있는데, 그건, 울화병이었다는 걸 나는 알고 있다. 그렇지만, 얼마 전에 어머니가 걸린 병은, 그야말로 정말 염려스러운, 애처로운

병이었다。 그런데도、어머니는、내 걱정만 하신다。

"아。"

하고 내가 말했다。

"왜 그래?"

이번에는、어머니가 묻는다。

얼굴을 마주 보니、왠지、다 알겠다는 느낌이 들어、후후 하고 내가 웃자、어머니도、생긋 웃으셨다。

뭔가、참을 수 없이 부끄러운 마음이 밀려들 때면、그 기묘한、아、하는 희미한 비명이 나오는 것이다。 내 가슴에、지금 불현듯、6년 전 내가 이혼했을 때의 일이 선명한 빛깔로 떠올라、참지 못하고、엉겁결에、아、하는 소리를 낸 것인데、어머니의 경우에는、어떨지。 설마 어머니한테、나처럼 부끄러운 과거가 있을 리는 없고、아니、아니면、뭔가 있으려나?

"어머니도、좀 전에、뭔가 생각나서 그러신 거죠? 무슨 일인데요?"

"잊어버렸어。"

"내 생각?"

"아아니。"

"나오지 생각?"

"그……。"

하고 말을 꺼내려다、고개를 갸웃하시더니、

"……ㄹ지도 모르지。"

하고 말씀하셨다。

동생 나오지는 대학을 다니던 중에 소집되어、남방˙의 섬으로 간 뒤、소식이 끊겼는데、전쟁은 끝났으나 행방이 불명하여、어머니는、다시는 나오지를 볼 수 없겠거니 각오하고 있다、고 말씀하시지만、난、그런、'각오' 따위 한 번도 한 적이 없고、언젠가 꼭 만날 수 있다는 생각뿐이다。

"이젠 포기한 줄 알았는데、맛있는 수프를 먹으니、나오지 생각이 나서、참을 수가 없잖아。좀더、나오지한테、잘해줄 걸 그랬어。"

나오지는 고등학교에 들어갔을 무렵부터、이상할 만큼 문학에 빠져、거의 불량소년과 다름없이 살기 시작했는데、얼마나 어머니를 고생시켰는지、모른다。그런데도 어머니는、수프를 한 술 뜨시고는 나오지 생각이 나서、아、하신다。나는 밥을 입에 욱여넣으며 눈시울이 뜨거워졌다。

"괜찮아요。나오지는、괜찮아요。나오지 같은 악당은、어지

●일본에서 동남아시아 지역을 일컫는 말.

간해서는 안 죽어요. 죽는 사람은, 꼭, 얌전하고, 예쁘고, 착한 사람이에요. 나오지 같은 녀석은, 몽둥이로 때려도, 안 죽어요."

어머니는 웃으며,

"그럼, 가즈코는 일찍 죽겠네?"

하고 나를 놀리신다.

"어머, 왜요? 나는, 악당 중에서도 우두머리라, 여든까지는 끄떡없어요."

"그래? 그럼, 엄마는, 아흔까지는 괜찮겠구나."

"네."

하고 말하면서도, 조금 난처했다. 악당은 오래 산다. 아름다운 사람은 일찍 죽는다. 어머니는, 아름답다. 그렇지만, 오래 살아주셨으면 좋겠다. 나는 몹시 당황했다.

"못됐어!"

하고 말했는데, 아랫입술이 파르르 떨리고, 눈물이 눈에서 넘쳐흘러 떨어졌다.

뱀 이야기를 할까? 그 네댓새 전 오후에, 동네 사는 꼬마들이, 정원 울타리 옆 대숲에서, 뱀 알을 열 개쯤 찾아 왔다.

아이들은、

"살무사 알이야。"

하고 우겼다。나는 그 대숲에 살무사가 열 마리나 태어나면、마음 놓고 정원에도 못 나가겠구나 싶어、

"태워버리자。"

하고 말했는데、아이들은 펄쩍 뛰고 기뻐하며、내 뒤를 따라온다。

대숲 근처에、나뭇잎과 나뭇가지를 쌓아올려、불을 붙이고、그 속으로 알을 하나씩 던져 넣었다。알은、좀체 타지 않았다。아이들이、나뭇잎이며 잔가지를 불꽃 위에 더 얹어 불길을 키웠지만、알은 탈 기미가 안 보였다。

이웃 농가에 사는 아가씨가、울타리 밖에서、

"뭐 하세요?"

하고 웃으며 물었다。

"살무사 알을 태워요。살무사가 나오면、무섭잖아요。"

"크기는、얼만한데요?"

"메추리알만 하고、새하얘요。"

"그럼、그냥 뱀 알이에요。살무사 알은 아닐 걸요? 그리고 생알은、어지간해서는 안 타요。"

아가씨는、꽤나 재미있다는 듯 웃고는、가버렸다。

30분쯤 불을 피우고 있었는데、아무리 기다려도 알이 타지 않아서、아이들에게 알을 불 속에서 꺼내、매화나무 아래 묻게 하고、나는 조약돌을 모아 무덤을 만들어주었다。

"자、모두、빌자。"

내가 쪼그려 앉아 합장을 하자、아이들도 얌전히 내 뒤에 옹크리고 앉아 손을 모으는 것 같았다。그리고 아이들과 헤어지고、나 혼자 돌계단을 천천히 오르는데、돌계단 위、등나무 시렁 그늘에 어머니가 서 계셨고、

"딱한 일을 하는구나。"

하고 말씀하셨다。

"살무사 알인 줄 알았는데、그냥 뱀 알이었어요。그렇지만、잘 묻어주었으니까、괜찮아요。"

라고 말은 했지만、그걸 어머니에게 들켜、찜찜한 기분이 들었다。

어머니는 결코 미신을 믿는 사람은 아니지만、10년 전、아버지가 니시카타마치 집에서 돌아가신 후로는、뱀을 너무나 무서워하신다。아버지 돌아가시기 직전에、어머니가、아버지 머리맡에 가늘고 까만 끈이 떨어져 있는 것을 보고、무심결에

주우려는데, 뱀이었다. 스르르 도망가더니, 복도로 나가서 그 후로는 어디로 갔는지 알 수 없게 되었지만, 그걸 본 건, 어머니와, 와다 숙부님 둘뿐이라, 서로 얼굴만 쳐다보고 있다가, 결국 임종을 맞는 자리가 소란스럽지 않도록, 말하지 않고 가만히 계셨다고 한다. 우리도, 그 자리에 있긴 있었지만, 뱀이 나왔다는 이야기는, 그래서, 전혀 몰랐다.

그러나, 아버지가 숨을 거두시던 그날 저녁, 정원 연못가에 있는, 나무란 나무에 전부 뱀이 매달려 있었던 것은, 나도 실제로 봐서 알고 있다. 내가 지금 스물아홉 먹은 아줌마니까, 10년 전 아버지가 돌아가셨을 때는, 열아홉이었다. 이미 어린애는 아니었기 때문에, 10년이 지났어도, 그때 기억은 지금도 또렷하고, 틀림은 없을 텐데, 내가 아버지께 바칠 꽃을 꺾으러, 정원 연못 쪽으로 걸어가, 연못가 철쭉 핀 곳에 멈춰 서서, 문득 보니, 철쭉 가지 끝에, 작은 뱀이 휘감겨 있었다. 조금 놀라서, 그 옆 황매화나무 꽃가지를 꺾으려는데, 그 가지에도, 뱀이 있었다. 그 옆 물푸레나무에도, 어린 단풍나무에도, 금작화에도, 등나무에도, 벚나무에도, 나무란 나무에는, 뱀이 매달려 있었던 것이다. 하지만 나는, 그렇게 무섭다는 생각은 들지 않았다. 뱀도, 나와 마찬가지로, 아버지의 죽음을 슬퍼하여、굴에서 기어 나와 아버지의 영혼에 애도를 표하고 있는 거라는 생각이 들었을 뿐。그리고 나는、그날 정원에서 본 뱀 이야기를、어머니한테 슬쩍 했는데、어머니는 차분하게、잠깐 고개를 갸웃거리며 뭔가를 생각하는 눈치였지만、딱히 다른 말씀은 없으셨다。

그렇지만、이 두 번의 뱀 사건이、그날 이후 어머니를、지독한 뱀 혐오증에 걸리게 한 건 사실이다。혐오라기보다는、뱀을 경외하고、두려워하는、다시 말해 외포의 감정을 가지게 한 것 같다。

뱀 알을 태운 것을、어머니가 보시고、분명 뭔가 아주 불길한 예감을 하셨을 거라고 생각하니、나도 갑자기 뱀 알을 태운 것이 너무나도 섬뜩한 짓이었구나 하는 생각이 들어、그 일 때문에 어머니에게 행여 나쁜 재앙이 일어나지는 않을까、걱정스럽고 또 걱정스러워서、다음 날도、또 그 다음 날도、잊어버리지 못하고 있었는데、오늘 아침에 식당에서、아름다운 사람은 일찍 죽는다、어쩐다 하는 터무니없는 말을 내뱉고、나중에、도무지 둘러댈 수가 없어、울어버렸으니、아침 식사 설거지를 하면서、왠지 내 가슴속에、어머니 명을 단축시키는 꺼림칙한 새끼 뱀 한 마리가 비집고 들어와 있는 것 같아、너무

찜찜해 견딜 수가 없었다.

그리고、그날、나는 정원에서 뱀을 보았다。그날은、아주 화창하고 날씨가 좋았기에、나는 부엌일을 끝낸 다음、정원 잔디밭 위에 등나무 의자를 내놓고、거기 앉아 뜨개질을 하려고、등나무 의자를 가지고 정원으로 내려갔는데、징검돌 옆 조릿대 덤불에 뱀이 있었다。아아、기분 나빠。나는 단지 그렇게만 여겼을 뿐、더 이상 깊이 생각하지 않고、등나무 의자를 들고 도로 툇마루로 올라가、거기에 의자를 놓고 앉아 뜨개질을 시작했다。오후가 되어、나는 정원 구석에 있는 불당 깊숙이 넣어둔 책들 중에서、로랑생•의 화집을 꺼내 오려는 생각에、정원으로 내려갔는데、잔디밭 위를、뱀이、느릿느릿 기어가고 있다。아침에 봤던 뱀과 똑같았다。늘씬하고、우아한 뱀이었다。나는、암컷이구나、싶었다。뱀은、잔디밭을 고요히 가로질러 들장미 덩굴 그늘까지 가서、멈춰 서더니 고개를 쳐들고、가느다란 불꽃같은 혀를 날름거렸다。그리고、주위를 살펴보는 듯한 자세를 취했지만、이윽고、고개를 늘어뜨리고、너무나 서럽다는 듯 몸을 옹그렸다。나는 그때까지도、그냥 예쁜 뱀이구나、하고만 생각했고、곧 불당으로 가서 화집을 가지고

●프랑스의 화가. 감미롭고 섬세한 화풍으로 파리 여인들의 초상을 많이 그렸다.

나와、돌아오는 길에 아까 뱀이 있던 곳을 슬쩍 보았는데、이젠 없다.

저녁 어스름、어머니와 응접실에서 차를 마시며、정원 쪽을 바라보고 있었는데、돌계단 세 번째 층계 언저리에、오늘 아침에 본 뱀이 또 스르르 나타났다.

어머니도 그걸 보고、

"저 뱀은……。"

하고 말씀하시자마자 벌떡 일어나 내 쪽으로 달려와、내 손을 잡고는 그 자리에 못 박힌 듯 서 계셨다. 그 말을 듣고、나도、퍼뜩 짐작 가는 데가 있어、

"알의 어미인가?"

하는 말을 입 밖에 내고 말았다.

"그래、맞네。"

어머니 목소리는、갈라져 있었다.

우리는 손을 맞잡은 채、숨을 죽이고、말없이 그 뱀을 지켜보았다. 돌 위에、침울하게 옹그리고 있던 뱀은、느릿느릿 움직이기 시작했고、그리고 힘없이 돌계단을 지나、제비붓꽃 수풀 쪽으로 들어갔다.

"오늘 아침부터、정원을 돌아다니고 있더라구요。"

하고 내가 속삭이자、어머니는、한숨을 쉬며 털썩 의자에
주저앉으시더니、

"그렇겠지。알을 찾고 있는 거야。가엾게도。"

하고 가라앉은 목소리로 말씀하셨다。

나는 마지못해、후후 하고 웃었다。

지는 해가 어머니 얼굴에 비치자、어머니 눈은 파랗다 못해
빛을 발하는 듯 보이고、희미하게 노여움 서린 그 얼굴은、뛰어
들어 안기고 싶을 만큼 아름다웠다。그리고、나는、아아、어
머니 얼굴이、아까 본 그 가여운 뱀과、어딘가 닮았구나、생각
했다。그리고 내 가슴속에 살고 있는 살무사처럼 꿈틀거리는
흉측한 뱀이、한없이 애처롭고 곱디고운 이 어미 뱀을 언젠가、
물어 죽이고 마는 게 아닐까、어째서인지、어째서인지、그런
기분이 들었다。

나는 연약하고 가녀린 어머니 어깨에 손을 얹고、까닭 모를
몸서리를 쳤다。

우리가、도쿄 니시카타마치 집을 두고、여기 이즈•、중국 분
위기가 나는 산장으로 이사 온 것은、일본이 무조건항복을 하

•도쿄 서남쪽 시즈오카현 남부의 반도 지역. 온천지로 유명하다.

던 해*, 12월 초였다. 아버지가 돌아가시고 나서, 우리 집 경제는, 어머니의 남동생이자, 그리고 지금은 어머니의 유일한 피붙이인 와다 숙부님이, 전부 보살펴주고 계셨는데, 전쟁이 끝나고 세상이 변하자, 와다 숙부님이, 이제 안 되겠다, 집을 파는 것 말고 다른 방법이 없다, 하녀들도 모두 해고하고, 모녀 둘이서, 어디 시골에 조촐한 집을 사서, 마음 편히 사는 게 좋겠다, 고 어머니에게 권유하신 모양인데, 어머니는, 돈에 관한 일이라면 어린애보다도, 더 아는 것이 없는 분이라, 와다 숙부님이 그리 말씀하시니, 그럼 아무쪼록 알아서 잘 처리해달라, 하고 맡겨버린 것 같다.

11월 말 숙부님에게서 속달이 왔는데, 슨즈 철도**가 지나가는 부근에 가와다 자작의 별장이 매물로 나와 있다, 집터가 높지막해 전망이 좋고, 백 평쯤 되는 밭도 딸린 데다가, 그 일대 매화로 이름난 곳, 겨울 따뜻하고 여름 서늘하니, 살아보면 분명, 마음에 들 것이다, 상대방과 직접 만나 이야기를 나누어야 할 것 같으니, 내일, 아무튼 긴자에 있는 내 사무실까지 오기를 바란다, 하는 내용이었는데,

"어머니, 가실 거예요?"

●1945년.
●●시즈오카현 이즈 반도의 미시마 역과 슈젠지 역을 잇는 철도.

하고 내가 물으니、

"그래도、내가 부탁했는걸。"

하고는、적잖이 섭섭하신지 마뜩잖게 웃으신다。

이튿날、예전에 운전수로 일하셨던 마쓰야마 씨에게 운전을 부탁하여、어머니는、정오 조금 지나 외출을 하셨고、밤 여덟 시쯤、마쓰야마 씨가 집까지 바래다주셨다。

"결정했어。"

내 방으로 들어오시더니、책상에 손을 짚고 그대로 무너지듯 주저앉아、그 한 마디를 하셨다。

"결정했다니、뭘요?"

"전부。"

"그래도……。"

하고 나는 놀라서、

"어떤 집인지、보지도 않고……。"

어머니는 책상 위에 한쪽 팔꿈치를 괴고、이마에 가볍게 손을 얹은 채、작게 한숨을 내쉬며、

"와다 숙부님이、좋은 곳이라고 하니까。난、이대로、눈 감고 그 집으로 이사를 가도、괜찮을 것 같아。"

하고 말씀하시며 얼굴을 들고、옅은 웃음을 지으셨다。그

얼굴、조금 파리하지만、고왔다。

"그건 그래요。"

하고 나도、와다 숙부님을 신뢰하는 어머니의 아름다운 마음에 압도되어、맞장구를 치고、

"그럼、나도 눈 감을게요。"

둘이서 소리 내어 웃었지만、웃고 나서가、몹시 허전했다。

그 후로 매일、집에 일꾼들이 와、이삿짐을 꾸리기 시작했다。와다 숙부님도、오셔서、팔 물건은 팔게끔 일일이 손을 써주셨다。나는 하녀 오키미와 둘이서、옷 정리도 하고、잡동사니를 정원 구석에서 태우기도 하면서 정신없이 분주한데、어머니는、전혀 정리를 거들지도、이래라 저래라 하지도 않고、매일 방에서、왠지 모르게、뭉기적거리고 계셨다。

"왜 그러세요? 이즈에 가기 싫어지셨어요?"

하고 사뭇、단호하게 물어보아도、

"아니。"

하고 멍한 표정으로 대답하실 뿐。

열흘쯤 걸려、정리가 끝났다。나는、저녁에 오키미와 둘이서、휴지 조각이며 지푸라기를 정원 구석에서 태우고 있었고、어머니도、방에서 나와、툇마루에 서서 가만히 우리가 피운

모닥불을 바라보고 계셨다. 차갑게 불어오는 잿빛 서풍에、연기는 땅바닥을 낮게 기어가고、나는、문득 어머니의 얼굴을 올려다보았는데、지금껏 본 적이 없을 만큼 초췌한、어머니의 안색에 깜짝 놀라서、

"어머니! 안색이 안 좋아요。"

하고 소리치자、어머니는 옅게 웃으시며、

"별거 아니야。"

하고 말씀하시고는、말없이 다시 방으로 들어가셨다。

그날 밤、이불은 벌써 이삿짐으로 싸버렸기 때문에、오키미는 2층 방 소파에서 자고、어머니와 나는、안방에、옆집에서 빌려 온 이부자리 한 벌을 펴고、한 이불에 둘이 같이 누웠다。

어머니는、어머나? 하는 생각이 들 정도로 가냘픈 노인의 목소리로、

"가즈코가 있으니까、가즈코가 있으니까、엄마는 이즈로 가는 거야。가즈코가 있으니까。"

하고 뜻밖의 말씀을 하셨다。

나는 가슴이 철렁해서、

"내가 없으면요?"

하고 무심결에 물었다。

어머니는, 갑자기 우시며,

"죽어야지。 죽어야지。 아버지가 돌아가신 이 집에서、엄마도、죽고 싶어。"

하고, 띄엄띄엄 말씀하시다가, 끝내 펑펑 우셨다。

어머니는, 지금까지 나에게 한 번이라도 이런 약한 소리를 한 적이 없었고、또、이렇게 심하게 우는 모습을 나에게 보인 적도 없었다。 아버지가 돌아가셨을 때도、또 내가 결혼했을 때도、그리고 아기를 배 속에 품고 어머니에게 돌아왔을 때도、또、아기가 병원에서 죽어서 태어났을 때도、그 후 내가 병에 걸려 자리에 누웠을 때도、또、나오지가 속을 썩였을 때도、어머니는, 절대 이런 약한 모습은 보이지 않으셨다。 아버지가 돌아가시고 10년 동안、어머니는、아버지 살아 계실 때와 조금도 변함없는、느긋하고、상냥한 어머니였다。 그래서、우리도、마음 놓고、응석을 부리며 살았던 것이다。 하지만、어머니는、이제 돈이 없다。 전부 우리를 위해서、나와 나오지를 위해서、티끌만큼도 아까워하지 않고 써버렸다。 그래서 이제、오래 살아 정든 이 집을 떠나、이즈의 작은 산장에서 나와 단둘이、처량한 생활을 시작해야만 한다。 만약 어머니가 심술궂고 인색하고、우리를 꾸짖고、그리고、몰래 자기 재산을 늘릴 궁리만 하는 그런 분이셨다면、아무리 세상이 변했다 해도、이렇게、죽고 싶은 마음이 들지는 않았을 텐데、아아、돈이 없다는 것、이 얼마나 공포스러운、비참한、구원 없는 지옥인가、하고 태어나서 처음 깨닫게 된 감정에、가슴이 답답해져、너무나 괴로워 울고 싶지만 울지도 못하고、인생의 엄숙함이란、이런 느낌일까、꼼짝도 할 수 없는 심정으로、벌렁 드러누운 채、나는 돌처럼 가만히 있었다。

다음 날、어머니는、여전히 안색이 좋지 않고、아직도 왠지 꾸물거리는 게、조금이라도 오래 이 집에 머물고 싶어 하는 눈치였으나、와다 숙부님이 오셔서、이제 짐도 거의 보냈고、오늘 이즈로 출발한다、하며 밀어붙이자、어머니는、어쩔 수 없이 코트를 입고는、작별 인사를 올리는 오키미와、집에 드나들던 사람들에게 말없이 고개를 끄덕여 답례하며、어머니와 숙부님과 나 이렇게 셋은、니시카타마치 집을 나왔다。

기차는 생각보다 한산해서、세 명 다 앉을 수 있었다。기차 안에서、숙부님은 한껏 들떠 노래를 흥얼거렸지만、어머니는 안색도 나쁘고、고개를 수그린 채로、몹시 추위를 타셨다。미시마•에서 슨즈 철도로 갈아타고、이즈 나가오카••에 내려、그

●이즈 반도 시작점에 있는 도시. 슨즈 철도의 시발역.
●●미시마와 슈젠지 중간에 있는 도시로 온천 여관이 많다.

리고 버스로 15분 정도 들어가서 산 쪽으로、완만한 언덕길을 올라가니、작은 마을이 나왔고、그 마을 변두리에 중국풍으로、약간 멋을 부린 산장이 있었다。

"어머니、생각했던 것보다 좋은 곳이네요。"

하고 나는 숨을 헐떡이며 말했다。

"그러게。"

하고 어머니도、산장 현관 앞에 서서、한순간 기뻐하는 듯 보였다。

"무엇보다、공기가 좋잖아。이 깨끗한 공기。"

하고 숙부님은 우쭐하셨다。

"정말로。"

하고 어머니는 미소 지으며、

"맛있어。여기 공기는、맛있어。"

하고 말씀하셨다。

그리고、셋이서 웃었다。

현관으로 들어가보니、도쿄에서 온 짐들이 벌써 도착했고、현관에서 방까지 짐으로 꽉 차 있었다。

"다음으로、안방에서 보는 경치가 좋지。"

숙부님은 신이 나서、우리를 안방으로 데려가 앉혔다。

오후 세 시 무렵, 겨울 해, 정원 잔디밭을 포근히 비추고, 잔디밭에서 돌계단을 걸어 내려가면 바로 근처에는 작은 연못, 수많은 매화나무, 정원 아래로 펼쳐지는 귤밭, 그리고 시골길, 그 너머는 논, 그 너머 저쪽에 솔숲이 있고, 그 솔숲 너머로, 바다가 보인다. 바다는, 이렇게 방에 앉아 있으면, 딱 내 젖가슴 끝에 수평선이 닿을 만한 높이로 보였다.

"경치가 푸근하네."

하고 어머니는, 왠지 나른하게 말씀하셨다.

"공기 탓인가? 햇빛이, 도쿄하고는 전혀 다른데요? 빛을 비단 체로 거른 것 같아요."

하고 나는, 신이 나서 재잘거렸다.

다다미• 열 장짜리 안방과 여섯 장짜리 방, 거기에 중국식 응접실, 그리고 현관이 다다미 석 장에다가, 욕실에도 다다미 석 장짜리 쪽방이 딸려 있고, 식당과 부엌, 그리고 2층에는 커다란 침대가 딸린 손님용 방이 한 칸, 방은 그게 전부지만, 우리 둘, 아니, 나오지가 돌아와 셋이 되더라도, 딱히 좁지는 않을 것 같다.

숙부님은, 이 마을에 딱 하나뿐이 없다는 여관에, 식사 준

• 짚으로 속을 채우고 돗자리를 씌운 바닥재. 한 장이 약 91cm x 182cm로 다다미 개수로 방의 면적을 표기한다.

비를 부탁하러 나가시더니、얼마 안 있어 보내준 도시락을、바닥에 펼쳐놓고 챙겨 온 위스키를 반주로、이 산장의 전 주인이셨던 가와다 자작과 중국에서 활약하던 시절의 무용담을 늘어놓으면서、아주 기분이 좋으셨지만、어머니는、도시락에 젓가락만 살짝 댔을 뿐이고、잠시 후、주위가 어둑어둑해졌을 무렵、

"잠깐、이대로 누워야겠어."

하고 작은 목소리로 말씀하셨다.

나는 이삿짐 속에서 이불을 꺼내、눕혀드리고、어쩐지 너무나 걱정이 되어、보따리에서 체온계를 찾아내、열을 재봤는데、39도였다.

숙부님도 놀랐는지、일단 아랫마을까지、의사를 부르러 나가셨다.

"어머니!"

하고 불러도、그저、꾸벅꾸벅 졸고만 계신다.

나는 어머니의 조그만 손을 꼭 쥐고、훌쩍훌쩍 울었다. 어머니가、너무나 가여워서、아니、우리 두 사람이 가엾고 가여워서、아무리 울어도、눈물이 멈추지 않았다. 울면서、정말로、이대로 어머니와 함께 죽고 싶다고 생각했다. 이제 우리한테는、아무것도 필요 없다。우리 인생은、니시카타마치 집을 나왔을 때、이미 끝장난 거라고 생각했다。

두 시간쯤 지나 숙부님이、마을 의사 선생님을 모시고 오셨다。마을 의사 선생님은、나이도 어지간히 지긋하신 것 같은데、게다가 줄무늬 하카마•에、흰 버선까지 신으셨다。

진찰이 끝나고、

"폐렴일지도 모르겠습니다。하지만、폐렴이라 해도、걱정은 마십시오。"

하고、왠지 못미더운 말씀을 남기시고는、주사를 놓고 다시 돌아가셨다。

다음 날이 되었지만、어머니의 열은、내리지 않았다。와다 숙부님은、나에게 2천 엔을 건네며、혹시 만약에、입원 같은 걸 해야 한다면、도쿄에 전보를 치거라、하는 말씀을 남기고、일단 그날은 도쿄로 올라가셨다。

나는 짐 속에서 최소한으로 필요한 부엌살림을 끄집어내、죽을 쑤어 어머니께 권했다。어머니는、누운 채、세 술 드시고는、그리고 고개를 저었다。

정오 조금 전、아랫마을 의사 선생님이 또 오셨다。이번엔

•통이 넓고 주름이 잡힌 일본 전통 바지。주로 남성이 입으며 줄무늬는 점잖은(고리타분한) 인상을 준다。

하카마 차림은 아니었지만、흰 버선을 신은 건、어제와 마찬가지였다。

　"입원하는 게 좋을까요……。"

　하고 내가 말씀드리니、

　"아니、그럴 필요는、없을 겁니다。오늘은 한 방、센 주사를 놓아드릴 테니、열도 내릴 겁니다。"

　하는 대답은 여전히 못 미더웠고、그리고、그 센 주사라는 것을 놓고 가셨다。

　그렇지만、그 센 주사가 뛰어난 효험를 발휘했는지、그날 오후 지나서、어머니 얼굴이 발그레해지고、그리고 땀도 많이 났는데、잠옷을 갈아입을 때、어머니가 웃으며、

　"명의실지도 모르겠어。"

　하고 말씀하셨다。

　열은 37도로 내렸다。나는 기쁜 마음에、이 마을에 딱 하나뿐인 여관으로 달려가、거기 여주인에게 부탁하여、계란을 여남은 개 사서、바로 반숙으로 삶아 어머니에게 드렸다。어머니는 반숙을 세 알、그리고 죽을 그릇으로 절반쯤 드셨다。

　다음 날、마을 명의가、또 흰 버선을 신고 오셨고、내가 어제 센 주사를 놓아주셔서 감사합니다 하고 인사를 드리자、효

과가 있는 게 당연하다、그런 표정으로 고개를 크게 끄덕이고
는、신중하게 진찰을 하고、그리고 내 쪽을 돌아보더니、

"사모님은、이제 아프지 않으실 겁니다. 그러니까、이제부
터는、무얼 드셔도、무얼 하셔도 괜찮습니다."

하고、이번에도、이상하게 말씀을 하셔서、나는 터져 나오
는 웃음을 삼키느라 혼이 났다.

의사 선생님을 현관까지 배웅하고、방으로 돌아왔더니、어
머니는、이부자리 위에 앉아 계셨는데、

"정말로 명의셔. 난、이제、안 아파."

하고、너무나 기분 좋은 얼굴로、넋이 나가 혼잣말하듯 말
씀하셨다.

"어머니、장지문 열까요? 눈이 와요."

모란꽃 같은 커다란 함박눈송이가、나풀나풀 내리기 시작
한 것이다. 나는、장지문을 열고、어머니와 나란히 앉아、유리
창 너머로 이즈의 눈을 바라다보았다.

"이제 아프지 않아."

하고、어머니는、또 혼잣말처럼 말씀하시고、

"이렇게 앉아 있으면、지난 일이、전부 다 꿈인가 싶어. 난
사실은、이사가 코앞에 닥치니까、이즈로 떠나기가、도저히、

암만해도、싫어지는 거야。니시카타마치 그 집에、하루라도 반나절이라도 더 오래 있고 싶었지。기차에 탔을 때는、반은 죽은 듯한 심정이었고、여기 도착했을 때도、처음엔 잠깐 기분이 좋았지만、어둑어둑해지니까、너무너무 도쿄가 그리워서、가슴이 타는 것 같아서、정신이 아뜩해졌어。예사로운 병이 아닌 거야。신이 나를 한 번 죽이고、그리고 어제까지의 나와 다른 나로、되살아나게 해주신 거라구。"

그 후로、오늘까지、우리 둘만의 산장 생활이、뭐、그럭저럭 별일 없이、잔잔하게 이어졌다。마을 사람들도 우리한테 친절하게 대해주었다。이곳으로 이사 온 것이、작년 12월、그리고、1월、2월、3월、그리고 4월의 오늘까지、우리는 식사 준비할 때 말고는 대개 툇마루에서 뜨개질을 하거나、거실에서 책을 읽거나、차를 마시거나 하면서、거의 세상과 동떨어진 생활을 하고 있었다。2월에는 매화나무에 꽃이 피고、이 마을 전체가 매화꽃에 파묻혔다。그리고 3월이 되어도、바람 없는 온화한 날이 많아、만개한 매화꽃은 조금도 쇠하지 않고、3월 말까지 쭈욱 아름답게 피어 있었다。아침에도 점심에도、저녁에도、밤에도、매화꽃은、고와서 한숨이 나올 지경이었다。그리고 툇마루 유리문을 열면、언제라도 꽃내음이 방으로 화악 흘러들어 왔다. 3월 말에는、저녁이 되면、으레 바람이 일고、해질녘 식당에 찻잔을 놓고 앉아 있으면、창문으로 매화 꽃잎이 날아들어、찻잔 속에 떨어져 젖었다。4월이 되어、어머니와 함께 툇마루에서 뜨개질을 하며、나누는 우리 둘의 대화는、대개 밭농사 계획에 관한 것이었다。어머니도 돕고 싶다고 말씀하신다。아아, 이렇게 쓰고 보니、정말이지 우리는、언젠가 어머니가 말씀하신 것처럼、한번 죽고、다른 사람이 되어 되살아난 것도 같지만、하지만、예수님 같은 부활은、어차피、사람에게는 불가능한 일이 아닐까? 어머니는、그렇게 말씀은 하셨어도、그래도 아직、수프를 한 술 드시고는、나오지가 생각나서、아、하는 소리를 뱉으신다。그리고 내 과거의 상처도、실은、조금도 낫지 않았다。

아아, 무엇 하나 감춤 없이、있는 그대로 쓰고 싶다。이 산장의 안온함은、전부 가식、겉보기에 지나지 않는다고、나는 남모르게 생각할 때도 있다。이것이 우리 모녀가 신에게 부여받은 잠깐의 휴식이라 하더라도、이미 이 평화에는、무언가 불길한、어두운 그림자가 소리 없이 다가오고 있는 기분이 들어 견딜 수 없다。어머니는、행복을 가장하지만、나날이 쇠약해지고、그리고 내 가슴속에 사는 살무사는、어머니를 희생시키면서까지 살찌고、억누르고 억눌러도 살찌는데、아아、이것이 단순히 계절 탓이라면 좋으련만、나는 그 무렵、이런 생활에、진저리가 날 때가 있었다。뱀 알을 태우는 천박한 짓도、그런 나의 초조한 마음을 표현하는 방법 중 하나였음에 틀림없다。그렇게、어머니의 슬픔을 깊게 하고、몸을 쇠약하게 만들 뿐。

　사랑、이라고 쓰니、다음을、쓸 수가 없다。

2

뱀 알 사건이 있은 후로、열흘쯤 지나、불길한 일이 연이어 일어나면서、점점 더 어머니의 슬픔은 짙어지고、생명은 엷어졌다。

내가、불을 낼 뻔했다。

내가 불을 낸다。살면서 그런 무서운 일이 일어날 거라고는、어릴 때부터 지금까지、단 한 번도 꿈에서도 생각한 적이 없었건만。

불을 소홀히 다루면 불이 난다、이런 지극히 당연한 사실도、모를 만큼 나는、말하자면 '공주님'이었던 걸까?

밤중에 화장실에 가려고 일어나、현관 칸막이 옆까지 갔는데、욕실 쪽이 환하다。별 생각 없이 들여다보았더니、욕실 유리문이 새빨갛고、타닥타닥 하는 소리가 들린다。쪼르르 뛰어가 욕실 쪽문을 열고、맨발로 밖으로 나갔는데、목욕탕 아궁이 옆에 쌓아둔 장작더미가、엄청난 기세로 불타고 있다。

정원 너머 이웃집으로 달려가、힘껏 문을 두드리며、

"나카이 아저씨! 일어나세요、불이 났어요!"

하고 나는 외쳤다。

나카이 씨는、이미 잠자리에 드셨지만、

"예、지금 갑니다。"

하고 대답하고는、내가、부탁드려요、빨리 좀 와주세요、하고 말하는 사이에、유카타• 잠옷 차림으로 집에서 후다닥 뛰어나오셨다。

둘이서 불이 난 곳으로 되돌아와、양동이로 연못물을 퍼서 끼얹고 있는데、안방 복도 쪽에서、어머니가、아악、하고 비명을 지르는 소리가 들렸다。나는 양동이를 내던지고、정원에서 복도로 올라가、

"어머니、걱정 마세요、괜찮아요、쉬고 계세요。"

하고 말하면서 쓰러지려는 어머니를 안아 세워、이부자리로

●여름 혹은 목욕 후에 입는 홑겹 옷.

모시고 가 누이고、다시 불이 난 곳으로 달려가、이번에는 욕조에 있는 물을 퍼서 나카이 씨에게 건네주었고、나카이 씨는 그 물을 장작더미에 뿌렸지만 불길이 거세어、도저히 그런 식으로는 꺼질 것 같지가 않았다。

"불이야! 불이야! 별장에 불이 났다!"

하는 목소리가 아래쪽에서 들려왔고、금세 마을 사람 너덧 명이、울타리를 부수고、뛰어왔다。그리고、울타리 아래、고여 있는 허드렛물을、릴레이하듯 양동이로 퍼 날라、이삼 분 사이에 불길을 잡았다。조금만 늦었어도、목욕탕 지붕에 불이 옮겨 붙을 뻔했다。

다행이야、하고 생각하는 순간、나는 불이 난 원인을 깨닫고 가슴이 철렁했다。정말로、그때서야 비로소、이 불은、내가 저녁에、욕실 아궁이 속 타다 남은 장작을、아궁이에서 꺼내 꺼진 줄 알고、장작더미 옆에 놓았다가 일어난 소동이었구나、하는 데까지 생각이 미친 것이다。그렇게 생각하니、울음이 나올 것만 같아 막대기처럼 서 있었는데、앞집 니시야마 씨 댁 며느리가 울타리 밖에서、목욕탕이 홀랑 타버렸대、아궁이 불 뒤처리를 제대로 안 했대、하면서 목청을 높이는 소리가 들렸다。

후지타 촌장님、니노미야 순경、오우치 경방단장*님도、오셨고、후지타 촌장님은、평소대로 푸근한 웃음을 띤 얼굴로、

"놀랐지요? 무슨 일이에요?"

하고 물으신다.

"제、잘못이에요。장작불이 꺼진 줄 알았는데……。"

대답하다 말고、내 자신이 너무나 비참해서、눈물이 솟아나와、그대로 고개를 숙이고 입을 닫았다。경찰한테 잡혀가、죄인이 될지도 모른다、하고 퍼뜩 생각했다。맨발에、잠옷 차림、흐트러진 내 모습이 갑자기 부끄러워지고、정말로、몰락해 버렸구나、나는 깨달았다.

"알겠습니다。어머님은?"

하고 후지타 촌장님은、어루만지듯、조용히 말씀하신다.

"방에 누워 계세요、많이 놀라셔서요……。"

"그래도、뭐。"

하고 젊은 니노미야 순경도、

"집에 불이 옮겨붙지 않아서、다행이네요。"

하며 위로한다.

그러자、그때 정원 건너 이웃 농가에 사는 나카이 씨가、옷

●공습、화재로부터 시민을 보호하고 질서 유지를 위해 조직된 경방단의 우두머리.

을 갈아입고 다시 나오셔서는,

"뭘요, 장작만 조금 탔는데. 불이라고, 할 것도 없어요."

하고 숨을 헐떡이며, 내 바보 같은 실수를 덮어주신다.

"그런가요? 알겠습니다."

하고 후지타 촌장님은 두 번 세 번 고개를 끄덕끄덕하고,

그리고 니노미야 순경과 뭔가 속닥속닥 주고받았는데,

"그럼, 이만 가보겠습니다. 부디, 어머님께 안부 전해주십

시오."

하고는, 그대로, 오우치 경방단장님, 그리고 다른 분들과 함

께 발길을 돌리셨다.

니노미야 순경만, 남아 있다가, 내 바로 코앞까지 다가와,

숨소리처럼 작은 목소리로,

"그러면, 오늘 밤 일은, 신고하지 않는 걸로."

하고 말했다.

니노미야 순경이 자리를 뜨자, 아랫집 나카이 씨가,

"순경이, 뭐라고 하던가요?"

하고 자못 걱정스럽게, 긴장한 목소리로 묻는다.

"신고하지 않을 거라고, 하시네요."

하고 대답하자, 울타리 쪽에는 아직 이웃 분들이 남아 있었

는데、내 대답을 들었는지、그런가、다행이네、다행이야、하면서、굼실굼실 자리를 떴다.

나카이 씨도、그럼 좀 주무세요、하는 말을 남기고 집으로 들어가시고、그런 다음에 나 혼자、멍하니 타버린 장작더미 옆에 서서、눈물을 글썽이며 하늘을 올려다보았는데、벌써 새벽 가까운 하늘의 기운이 느껴졌다.

욕실에서、손발을 씻고 세수를 하고、어머니를 보기가 왠지 무서워서、욕실에 딸린 쪽방에서 머리도 고치고 우물쭈물하다가、그리고 부엌으로 가서、날이 완전히 밝아질 때까지、그릇을 괜스레 정리하는 척하고 있었다.

날이 밝고、안방 쪽으로、가만히 발소리를 죽이고 가보니、어머니는、벌써 제대로 옷을 갖춰 입고서、거실 의자에、진이 빠진 듯 앉아 계셨다. 나를 보고、방긋 웃으셨지만、얼굴은、놀랄 만큼 창백했다.

나는 웃음기 없이、말도 없이、어머니 의자 뒤에 섰다.

조금 있으니 어머니가、

"별일도 아니었네。타라고 있는 장작인데。"

하고 말씀하셨다.

나는 갑자기 기분이 좋아져서、후훗 웃었다. 경우에 합당한 말은 아로새긴 은 쟁반에 금 사과니라, 하는 성경 속 잠언[a]을 떠올리며, 이렇게 상냥한 어머니를 가진 나의 행복을, 절실히 신에게 감사했다. 어젯밤 일은, 어젯밤 일. 끙끙대지 말자, 그렇게 생각하고, 나는 거실 유리문 너머로, 이즈의 아침 바다를 바라보며, 한참을 어머니 뒤에 서 있었고, 끝내는 어머니의 고요한 호흡과 나의 호흡이 꼭 맞게 겹쳐졌다.

아침 식사를 가볍게 마치고서, 나는, 타버린 장작더미를 정리하기 시작했고, 이 마을에, 딱 하나뿐인 여관 여주인 오사키 씨가,

"어떻게 된 거예요? 무슨 일이에요? 지금, 막 들었는데, 정말, 어젯밤에는, 대체, 어떻게 된 거예요?"

하고 말하며 정원 사립문으로 잔달음질 쳐 들어오시는데, 그런데 그 눈에서, 눈물이 반짝였다.

"죄송해요."

하고 나는 나직한 목소리로 사과했다.

"죄송이고 뭐고. 그것보다, 아가씨, 경찰에서는 뭐래요?"

"괜찮대요."

"아이고 다행이네."

●잠언 25장 11절.

하고 진심으로 기쁜 표정을 지어주셨다.

나는 오사키 씨에게、마을 모든 분들께 어떤 식으로、감사와 사죄의 말씀을 전해야 좋을지、물어보았다. 오사키 씨는、역시 돈이 좋겠지요、하면서、돈을 가지고 인사를 하러 가야 할 집들을 가르쳐주었다.

"저기、그런데 아가씨 혼자 가기 뭐하면、나도 같이 따라가 줄게요."

"혼자 가는 게、좋겠지요?"

"혼자 갈 수 있겠어요? 그야、혼자 가는 게 좋지요."

"혼자 갈게요."

그러고 나서 오사키 씨는、불이 났던 자리 정리하는 걸 잠깐 도와주셨다.

정리가 끝나고、나는 어머니에게 돈을 받아、백 엔짜리 지폐를 한 장씩 미농지에 싸서、거기에 각각、사죄、라고 썼다.

우선 제일 먼저 마을 사무소로 갔다. 후지타 촌장님은 부재중이라、접수창구 아가씨에게 종이에 싼 돈을 내밀며、

"어젯밤은、변명할 여지가 없는 짓을 저질렀습니다. 앞으로、주의하겠으니、아무쪼록 용서해주세요. 촌장님께、잘 전해주세요."

하고 사과를 드렸다。

그리고、오우치 경방단장님 댁으로 갔고、오우치 씨가 현관으로 나오셨는데、나를 보고 말없이 슬프게 미소를 지으시니、나는、왠지 모르게、갑자기 울음이 터질 것 같아、

"지난밤에는、죄송했습니다。"

하고 말하는 게、고작、서둘러 인사를 드리고 나와서、길을 가는데、눈물이 넘쳐흘러、얼굴이 엉망이 되었기에、일단 집으로 돌아와、화장실에서 세수를 하고、화장을 고치고、다시 밖으로 나가려고 현관에서 신발을 신고 있자니、어머니가、나오셔서、

"아직、갈 데가 더 있니?"

하고 말씀하신다。

"네、지금부터 시작인걸요。"

나는 얼굴을 들지 않은 채 대답했다。

"수고하렴。"

차분히 말씀하셨다。

어머니의 애정에 힘입어、이번에는 한 번도 울지 않고、전부 돌 수 있었다。

구역장님 댁에 갔더니、구역장님은 안 계시고、새 며느리가 나오셔서、나를 보자마자 도리어 그쪽에서 눈물이 그렁그렁、또 니노미야 순경 댁에서는、니노미야 순경이、다행입니다、다행입니다、말씀해주시고、모두 착한 분들뿐、그러고 나서 이웃집들을 돌았는데、역시 모든 분들이、동정해주고、위로해주셨다。다만、앞집 니시야마 씨 댁 며느리、라고는 해도、이미 마흔 줄 아주머니지만、그분만큼은、가차 없이 꾸짖으셨다。

"앞으로도 조심해주세요。황족인지 뭔 족인지는 모르겠지만、나는 그전부터、그쪽들이 소꿉놀이처럼 사는 걸、조마조마하면서 보고 있었어요。아이 둘이 사는 것 같아서、지금까지 불이 안 난 게 이상할 정도라구요。정말로 앞으로는、조심해주세요。어제도、아가씨、만약에 바람이 세게 불었으면、이 마을은 전부 다 불타버렸을 거라구요。"

이웃집 나카이 씨는 촌장님이나 니노미야 순경 앞에 나서서、불이랄 것도 없다、하면서 감싸주셨는데、니시야마 씨 댁 며느리는、울타리 밖에서、욕실이 홀랑 타버렸다、아궁이 불 뒤처리를 제대로 안 했다、하고 큰 소리로 말했던 사람이다。그렇지만、나는 니시야마 씨 댁 며느리의 꾸중에서도、진심을 느꼈다。정말로 그 말이 맞다고 생각했다。조금도、니시야마 씨 며느리를 원망할 일이 아니다。어머니는、타라고 있는 장작

63

이라며, 농담으로 나를 위로해주셨지만, 하지만, 그때 바람이
세게 불었다면, 니시야마 씨 댁 며느리 말처럼, 이 마을 전체
가 불탔을지도 모른다. 그렇게 되었다면 나는, 죽음으로 사죄
해도 부족하다. 내가 죽으면, 어머니도 살아 계시지, 않을 테
고, 또 돌아가신 아버지 이름에도 먹칠을 하는 꼴이 된다. 지
금 와서는, 황족이니 화족이니 있지도 않지만, 하지만, 어차피
멸망할 것이라면, 눈 딱 감고 화려하게 멸망하고 싶다. 불을
내고 그에 대한 사죄로 죽는다, 그렇게 비참한 죽음이라니,
죽어도 그렇게는 못 죽는다. 어쨌든, 더더욱, 정신을 바짝 차
려야 한다.

　나는 이튿날부터, 밭일에 열을 올렸다. 이웃 농가 나카이
씨 댁 따님이, 때때로 손을 보태주셨다. 불을 내는 추태를 보
이고 나서부터는, 내 몸 속에 흐르는 피가 왠지 조금 검붉어진
기분이 들었는데, 전에는, 내 가슴에 심술궂은 살무사가 살더
니, 이제는 피 색깔까지 바뀌고, 점점 야성적인 시골 아낙이
되어가는 듯, 어머니와 툇마루에서 뜨개질을 하고 있어도, 이
상하게 숨이 막혀 갑갑하고, 오히려 밭에 나가, 땅을 파고 밭
을 일구는 게 마음 편할 정도였다.

　육체노동, 이라고 해야 할까? 이런 힘쓰는 일은, 내게 지금

이 처음은 아니다。 나는 전쟁 때 징용되어、달구질*까지 해야 했다。지금 밭에 신고 나온 작업화**도、그때、군에서 배급해준 것이다。작업화라는 걸、그때、그야말로 난생처음 신어봤지만、깜짝 놀랄 만큼、발이 편해、그걸 신고 정원을 걸었더니、들짐승 날짐승이、맨발로 땅바닥을 걸을 때의 산뜻함을、이제 나도 잘 알 것 같아서、아주、가슴이 시큰할 만큼、기뻤다。전쟁 중、즐거웠던 기억은、딱 그거 하나뿐。생각해보면、전쟁이란、시시하다。

　　지난해에는、아무 일도 없었다。

　　지지난해에는、아무 일도 없었다。

　　지지지난해에도、아무 일 없었다。

　　이런 재미있는 시가、패전*** 직후 어느 신문에 실렸었는데、정말、지금 생각해보니、많은 일이 있었던 것 같으면서도、결국、아무 일 없었던 것도 같다。나는、전쟁의 추억은 말하기도、듣기도、싫다。사람이 많이 죽었지만、그래도 진부하고 지루하다。그런데、나는、역시 깍쟁이일까? 내가 징용되어 작업

●건물이 지어질 지반을 단단하게 다지는 작업。
●●일본식 버선에 고무 밑창을 댄 작업용 신발。
●●●일왕이 연합군에 무조건 항복을 선언한 1945년 8월 15일。

화를 신고、달구질을 했을 때의 일만큼은、그렇게 진부하지 않은 것 같다. 너무 싫다는 생각도 했지만、하지만、나는 그 달구질 덕분에、아주 몸이 건강해졌고、지금도 난、끝내 살림이 힘들어지면、달구질을 해서 먹고살아야지 생각할 때가 있을 정도이다.

전황이 슬슬 절망적으로 치닫던 즈음, 군복을 입은 남자가、니시카타마치 집으로 찾아와、나에게 징용장과、그리고 노동 일정이 적힌 종이를 주었다. 일정표를 보니、다음 날부터 하루걸러 하루씩 다치카와•의 깊은 산으로 일을 다녀야 하는 것으로 되어 있어서、나도 모르게 눈에서 눈물이 흘렀다.

"대신 일할 사람을 보내면、안 될까요?"

눈물이 멈추지 않아、훌쩍훌쩍 울며 말했다.

"군에서、당신에게 징용 명령을 내렸기 때문에、반드시、본인이 가야 합니다."

하고 그 남자는、힘주어 대답했다.

나는 가기로 마음을 먹었다.

그 다음 날은 비가 왔는데、사람들이 다치카와의 산기슭에 줄을 맞춰 서 있었고、제일 먼저 장교의 설교가 있었다.

•도쿄 서쪽 외곽에 위치한 작은 도시.

"전쟁은, 반드시 이긴다."

하고 첫마디를 떼더니,

"전쟁은, 반드시 이기겠지만, 그러나, 여러분이 군의 명령대로 일을 하지 않으면, 작전에 지장이 생기고, 오키나와 같은 결과•를 초래한다. 그러니 반드시, 지시받은 만큼은, 일을 해 주었으면 한다. 그리고, 이 산에도, 스파이가 들어와 있을지 모르니, 서로 주의할 것. 여러분도 지금부터, 군대와 마찬가지로, 진지 안으로 들어가 일을 하게 되므로, 진지 내부 상황은, 절대로, 다른 사람에게 말하지 않게끔, 충분히 주의를 기울이도록."

하고 말했다.

산에는 비가 부옇게 내리고, 남녀 한데 합쳐 5백 가까운 대원들이, 비에 젖으며 서서 그 이야기를 듣고 있다. 대원들 중에는, 국민학교 남학생 여학생도 섞여 있었고, 모두 추운지 울상이었다. 비는 내 비옷을 뚫고, 겉옷에 스며들어, 이윽고 속옷까지 적실 정도였다.

그날은 하루 종일, 삼태기••를 짊어지고 흙을 나르다가, 돌아오는 전철 안에서, 눈물이 나와 어쩔 줄을 몰랐다. 그 다음

●오키나와 전투에서 패한 일본군은 섬 주민에게 자살을 명령한 뒤 집단 자살했다.
●●흙이나 쓰레기를 담아 나르는 데 쓰는 싸리나 새끼로 엮은 도구.

번은、달구질 밧줄을 잡아당기는 일이었다。나는 그 일이 제 일 재밌었다。

두 번、세 번、산에 가던 차에、국민학교 남학생들이 내 모습을、이상하게 빤히 쳐다보기 시작했다。어느 날、내가 삼태기로 흙을 나르고 있는데、남학생이 두세 명、나를 스쳐지나가면서、그리고、그중 하나가、

"저 녀석이、스파이인가?"

하고 작게 수군대는 소리를 듣고、나는 깜짝 놀랐다。

"왜 저런 말을 하는 걸까요?"

하고、나와 나란히 삼태기를 짊어지고 걷던 젊은 아가씨에게 물었다。

"외국인 같으니까요。"

젊은 아가씨는、진지하게 대답했다。

"그쪽도、저를 스파이라고 생각하시나요?"

"아뇨。"

이번엔 조금 웃으며 대답했다。

"저、일본인이에요。"

하고、내가 한 말이、내 생각에도 어이없는 난센스 같아、혼자 키득키득 웃었다。

어느 맑은 날에、나는 아침부터 남자들과 함께 통나무를 옮기고 있었는데、젊은 감시 당번 장교가 얼굴을 찡그리고、나를 손가락으로 가리키면서、

"이봐、거기. 자네는、이쪽으로 오도록."

하고 말하고는、재빨리 소나무 숲 쪽으로 걸어갔고、나는 불안과 공포로 가슴을 콩닥거리며、그 뒤를 따라갔는데、숲 안쪽에는 제재소에서 막 도착한 판자가 쌓여 있었고、장교는 그 앞까지 가서 멈춰 서더니、휙 하고 내 쪽으로 돌아서서는、

"매일、힘드시지요? 오늘은 일단、이 목재를 지키는 당번을 하고 계세요."

하고 하얀 이를 내보이며 웃는다。

"여기에、서 있는 건가요?"

"여기는、시원하고 조용하니까、이 판자 위에서 낮잠이라도 주무세요. 심심하면、이건、벌써 읽으셨을 수도 있지만."

하고 말하며、상의 주머니에서 작은 문고본을 꺼내、수줍게、판자 위에 던져놓고、

"이거라도、읽고 계세요."

문고본에는、『트로이카』라고 적혀 있었다。

나는 그 문고본을 집어 들며、

"감사합니다. 집에도, 책을 좋아하는 사람이 있어요, 지금은, 남방에 가 있지만."

하고 말했는데, 잘못 알아들었는지,

"아아, 그래요. 남편이시군요. 남방이라면, 고생이 많으시겠네요."

하고 고개를 저으며 숙연하게 말하고는,

"아무튼, 오늘은 여기서 판자 감시 당번을 서는 걸로 하고, 도시락은, 나중에 제가 갖다드릴 테니, 편히, 쉬고 계세요."

하고 자기 할 말만 해버리고, 급한 걸음으로 가버렸다.

나는, 판자에 걸터앉아, 문고본을 읽었고, 반쯤 읽었을 무렵, 그 장교가, 뚜벅뚜벅 구두 소리를 내며 다가오더니,

"도시락 가져왔습니다. 혼자서, 심심하시지요?"

하고 말하고는, 도시락을 풀밭 위에 놓고, 다시 무척 급하게 돌아갔다.

나는 도시락을 다 먹고, 이번에는, 판자 위로 올라가, 누워서 책을 읽다가, 다 읽고는, 꾸벅꾸벅 졸기 시작했다.

눈이 떠진 것은, 오후 세 시 지나서였다. 나는, 문득 그 젊은 장교를, 전에 어디선가 본 적이 있는 것 같아서, 생각해봤지만, 기억나지 않았다. 판자에서 내려와, 머리를 만지고 있

는데、또、뚜벅뚜벅 구두 소리가 들려오고、

"이거、오늘은 수고하셨습니다. 이제 가셔도 됩니다."

나는 장교에게 달려가、문고본을 돌려주면서、감사의 말을 해야겠다 생각했지만、말이 나오지 않아、말없이 장교의 얼굴을 올려다보았는데、두 사람의 시선이 마주친 순간、내 눈에서 주르르 방울방울 눈물이 나왔다. 그러자、그 장교의 눈에서도、반짝 하고 눈물이 빛났다.

그대로 말없이 헤어졌지만、그 젊은 장교는、그것을 마지막으로 한 번도、우리가 일하는 곳에 얼굴을 보이지 않았고、나는、그날、딱 하루 놀았을 뿐、그 후로는、전과 같이 하루걸러 하루씩 다치카와의 산속에서、고된 작업을 했다. 어머니는、내 몸을、너무너무 걱정하셨지만、나는 오히려 건강해졌고、지금 와서는 달구질 전문가라는 자신감도 생겼으며、또、밭일도、별로 힘들어하지 않는 여자가 되었다.

전쟁에 관한 이야기는、하기도 듣기도 싫다느니、그랬으면서도、그만 나의 '소중한 경험담'을 말해버렸는데、하지만、전쟁의 추억 중에서、조금이라도 이야기하고 싶은 것은、대충 그 정도이고、그것 말고는 뭐、언젠가 말했던 시처럼、

　지난해에는、아무 일도 없었다。

　지지난해에는、아무 일도 없었다。

　지지지난해에도、아무 일 없었다。

　라고 말하고 싶을 만큼、그냥、시시하고、내 몸에 남아 있는 거라고는、이 작업화 한 켤레、라는 덧없음이다。

　작업화 이야기에서、잠깐 쓸데없는 이야기가 시작되어 딴 길로 샜는데、나는、이、전쟁의 유일한 기념품이라 할 수 있는 작업화를 신고、매일같이 밭에 나가 가슴 깊은 곳의 은밀한 불안과 초조를 달래고 있지만、어머니는、요즘、눈에 띄게 하루하루 쇠약해지는 것 같다。

　뱀 알。

　불。

　그 무렵부터、어딘가 어머니는、부쩍 병든 사람처럼 보였다。 그리고 나는、그 반대로、점점 거칠고 천박한 여자가 되어가는 기분도 든다。 어쩐지 내가、어머니로부터 자꾸만 생기를 빨아들여 살이 찌는 것 같다는 생각을 도저히 떨칠 수가 없다。

　불이 났을 때도、어머니는、타라고 있는 장작인데、하고 농담을 하셨고、그 후로 불이 난 일에 대해서는 한 마디도 없이、

오히려 나를 위로하셨지만、하지만、아마 어머니가 받은 쇼크
는、나보다 열 배는 더 컸을 것이다。불이 난 이후로、어머니
는、밤중에 이따금씩 끙끙 앓을 때도 있고、또、바람이 세게
부는 날 늦은 밤에는、화장실에 가는 척、몇 번이나 이부자리
에서 빠져나와 온 집 안을 돌아보신다。그리고 안색은 늘 흐
리고、걷는 것조차 힘에 겨워 보이는 날도 있다。밭일을 돕고
싶다고、전에는 말씀하셨지만、한번은 내가、하지 마시라고 말
씀드렸는데도、우물에서 커다란 들통으로 밭에 대여섯 통 물
을 퍼 나르시고는、이튿날、숨도 못 쉴 정도로 어깨가 결린다
고、하시며 하루 종일、드러누운 적이 있어서、그런 일이 있은
후로는 결국 밭일은 포기하신 모양인지、가끔 밭에는 나오셔
도、내가 일하는 모습을、그저、가만히 바라보고 계실 뿐이다。

　"여름 꽃을 좋아하는 사람은、여름에 죽는다고 하던데、정
말일까?"

　오늘도 어머니는、밭일을 하는 나를 가만히 바라보시며、문
득 그런 말씀을 하셨다。나는 잠자코 가지에 물을 주고 있었
고、아아、그러고 보니、벌써 초여름이다。

　"나는、자귀나무 꽃을 좋아하는데、여기 정원에는、한 그루
도 없네。"

하고、어머니는、또 조용히 말씀하신다。

"협죽도는 많잖아요。"

나는、일부러、퉁명스러운 말투로 대꾸했다。

"그건、싫어、여름 꽃은、거의 다 좋아하는데、그건、너무
요란스러워서。"

"저는、장미가 좋아요。그렇지만、그건 사철 내내 피니까、
장미를 좋아하는 사람은、봄에 죽고、여름에 죽고、가을에 죽
고、겨울에 죽고、네 번이나 고쳐 죽어야 하는 건가?"

우리 둘、웃었다。

"잠깐、안 쉴래?"

하고 어머니는、또 웃으시며、

"오늘은、가즈코랑 좀 상의하고 싶은 일이 있어。"

"뭔데요? 죽는 이야기 같은 건、딱 질색이에요。"

나는 어머니 뒤를 따라、등나무 시렁 아래 벤치에 나란히
앉았다。등나무 꽃은 이미 졌고、부드러운 오후 햇살이、그 잎
을 뚫고 우리 무릎 위로 떨어져、무릎을 초록으로 물들였다。

"전부터 하고 싶은 말이 있었는데、서로 기분 좋을 때 하는
게 나을 것 같아서、오늘까지 기회를 보고 있었어。어차피、좋
은 이야기는 아니니까。그래도、오늘은 어쩐지 나도 술술 말

할 수 있을 것 같으니까、뭐、너도、참고 끝까지 들어줘。실은 말이야、나오지는、살아 있어。"

나는、몸이 굳었다。

"대엿새 전에、와다 숙부님한테 편지가 왔는데、숙부님 회사에 전에 근무하던 분이、얼마 전에 남방에서 귀환해서、숙부님 댁에 인사를 하러 왔는데、그때 이런저런 이야기를 하다가、그분이 우연히도 나오지와 같은 부대였고、그리고 나오지는 무사하니、이제 곧 돌아올 거라고 알려주셨어。하지만、있잖아、하나 꺼림칙한 게 있어。그분 말씀으로는、나오지가 아편 중독이 상당히 심한 것 같다고⋯⋯。"

"또!"

나는 쓴 것을 먹은 것처럼、입을 일그러뜨렸다。나오지는、고등학교 때、어떤 소설가 흉내를 내다가、마약에 중독되어、그것 때문에、약방에 무시무시한 액수의 빚을 졌고、어머니가、그 빚을 전부 갚는 데 2년이나 걸렸다。

"그래。또、시작인 것 같아。그렇지만、그걸 고치기 전에는、귀환도 허용되지 않을 테니、틀림없이 나아서 올 거라고、그분도 말씀하셨대。숙부님 편지에는、나아서 온다고 해도、그런 정신 상태를 가진 녀석을、바로 어디 취직시킬 수는 없다、지금 이 혼란스러운 도쿄에서 일한다면、제대로 된 사람조차 미쳐버릴 판인데、중독에서 막 벗어난 반 환자는、미쳐버리고도 남을 테니、무슨 짓을 저지를지、알 수 없지 않느냐、그러니、나오지가 돌아오면、바로 여기 이즈 산장으로 데려와서、아무데도 내보내지 말고、당분간 여기서 요양시키는 게 좋겠다고、그거 하나랑、그리고、있잖니、가즈코、숙부님이 말이야、또 하나 당부하신 게 있단다。숙부님 말씀으로는、이제 우리 돈이、전부 바닥났대。예금 봉쇄•니、재산세니 하는 것 때문에、이제 숙부님도、지금까지 했던 것처럼 우리한테 돈을 보내주기가 힘들어졌다고 하셔。그래서 말이야、나오지가 돌아오고、엄마랑 나오지랑、가즈코 셋이서 계속 놀고 있으면、숙부님도 우리 생활비를 마련하느라 무척 고생을 하셔야 되잖니、그러니까 지금 당장 가즈코의 혼처를 찾든가、아니면、일하러 들어갈 집을 찾든가、뭐든 해라、라는、뭐、그런 얘기야。"

"일하러 들어갈 집이라니、하녀로 들어가란 말이에요?"

"아니、숙부님이 있잖아、그래、저기、고마바••에 있는、그……。"

●일본은 패전 후 화폐 개혁을 빌미로 시민의 예금 인출을 금지하고 예금과 재산에 최고 90%에 달하는 세금을 부과하여 전쟁 중에 발행한 국채를 상환했다.
●●도쿄 시부야 서쪽의 고급 주택가.

하고 어느 황족의 이름을 대며,

"그 황족이라면, 우리랑은 친척이고, 아가씨 가정교사를 겸해서, 일을 해도, 가즈코가, 그렇게 섭섭하거나 거북하지는 않을 거라고, 말씀하시네."

"다른 데는, 일할 데가 없을까요?"

"다른 일은, 가즈코는, 도저히 못 할 거라고, 하셨어."

"왜 못 해요? 네? 왜 못 하는데요?"

어머니는, 착잡한 듯 미소만 지으실 뿐, 아무 대답도 하지 않으셨다.

"싫어요! 난, 그런 얘기."

나도, 괜한 말을 해버렸구나, 생각했다. 하지만, 멈추지 않았다.

"내가, 이런 작업화를! 이따위 작업화를!"

하고 말하면서, 눈물이 나오고, 나도 모르게 울음이 터졌다. 고개를 들고, 눈물을 손등으로 털어내면서, 어머니를 향해, 안 돼, 안 돼, 하고 생각하면서도, 말이 무의식처럼, 몸과는 전혀 관계없이, 잇달아 튀어나왔다.

"언젠가, 말씀하셨잖아요. 가즈코가 있으니까, 가즈코가 있으니까, 엄마는 이즈에 가는 거라고, 그러셨잖아요. 가즈코가 없으면、죽어야지 죽어야지 그러셨잖아요。그래서、그래서、저는、아무데도 안 가고、어머니 곁에 있으면서、이렇게 작업화를 신고、어머니에게 맛있는 채소를 드리고 싶다、그 생각뿐인데、나오지가 돌아온다니까、갑자기 내가 귀찮아져서、황족 하녀로 들어가라니、너무해요、너무해요。"

나도、말이 너무 심하다고 생각하면서도、마치 말이 다른 생물인 양、아무리 해도 멈추지 않는 것이다。

"가난해지면、돈이 없으면、우리 옷을 팔면 되잖아요。이 집도、팔아버리면、되잖아요。난、뭐든지 할 수 있어요。이 마을 사무소 여사무원이든 뭐든 할 수 있어요。사무소에서 써주지 않으면、달구질이라도 하면 돼요。가난 같은 건、아무것도 아녜요。어머니만、날 예뻐해 주시면、난 평생 어머니 곁에 있겠다고 다짐했는데、어머니는、나보다 나오지가 좋은 거네요。나갈게요。내가 나갈게요。어차피 나는、나오지하고는 옛날부터 성격이 안 맞았으니까、셋이서 같이 살면、서로가 불행해져요。난 지금까지 오랫동안 어머니와 단둘이서 살았으니까、이제 미련 남을 것도 없어요。이제부터는 나오지랑 어머니랑 함께 오붓하게 살면서、나오지가 많이많이 효도를 하면 되겠네요。난 이제、싫어졌어요。지금처럼 사는 게、지겨워졌어요。

나갈게요。 오늘、지금、당장 나갈게요。 난、갈 데가 있어요。"

나는 일어섰다。

"가즈코!"

어머니는 엄한 목소리로、그리고 일찍이 나에게 보인 적 없을 만큼、위엄이 있는 표정으로、스윽 일어나、나와 마주 섰는데、나보다 조금 키가 큰 것 같았다。

나는、죄송해요、하고 빨리 말하고 싶었지만、그 말이 도저히 입 밖으로 나오지를 않고、오히려 다른 말이 나와버렸다。

"속였어요、어머니는、나를 속였어요。 나오지가 올 때까지、나를 이용한 거예요。 난、어머니의 하녀였어요。 볼일 다 봤으니、이제는、황족 집 하녀로 들어가라니。"

왁 하고 소리를 내며、나는 선 채로、실컷 울었다。

"넌、바보로구나。"

하고 나지막이 말씀하시던 어머니의 목소리는、노여움에 떨리고 있었다。

나는 얼굴을 들고、

"그래요、바보예요。 바보니까 속은 거예요。 바보니까、귀찮아진 거예요。 없는 게 낫지요? 가난이、어때서요? 돈이、뭐라고요? 난、몰라요。 애정을、어머니의 애정을、그것만 나는 믿고 살아온 거예요."

하고 또、바보 같은、터무니없는 말을 지껄였다。

어머니는、휙 얼굴을 돌렸다。울고 계셨다。나는、죄송해요、하면서、어머니를 껴안고 싶었지만、밭일로 손이 더러운 것이、살짝 마음에 걸려、괜히 아닌 척하며、

"나만、없어지면 되잖아요? 내가 나갈게요。난、갈 데가 있어요。"

하고 내뱉고、그대로 잔달음질 쳐、욕실로 가서、흐느끼며、세수를 하고 손발을 씻고、그리고 방으로 가、옷을 갈아입는 동안、또 엉엉 큰 소리를 내며 쓰러져 울고、울고 싶은 만큼 울고 싶어서、2층 방으로 뛰어 올라가、침대에 몸을 던지고、담요를 머리까지 뒤집어쓴 채、살이 빠질 만큼 지독하게 울다가、이러다가는 정신이 나갈 것 같고、점점、어떤 사람이 그리워지고、그리워져서、얼굴을 보고 싶고、목소리를 듣고 싶어서 견딜 수 없어서、두 발바닥에 뜨거운 뜸을 뜨며、꾹욱 참고 있는 듯한、이상한 기분이 들었다。

저녁이 다 되어、어머니는、가만히 2층 방으로 들어오시더니、탁 하고 전등불을 켜고、그리고、침대 쪽으로 다가오시며、

"가즈코야。"

하고, 너무도 부드럽게 나를 부르셨다.

"네."

나는 일어나, 침대 위에 앉아, 양손으로 머리카락을 쓸어 올리고는, 어머니의 얼굴을 보며, 후후 하고 웃었다.

어머니도, 희미하게 웃으셨고, 그러고는, 창문 아래 소파에, 깊이 몸을 묻으시며,

"나, 태어나서 처음, 와다 숙부님 말씀을, 거슬렀어. 엄마는 말이야, 지금, 숙부님께 답장을 썼어. 내 자식들 일은, 나한테 맡겨주세요, 하고 썼어. 가즈코, 옷을 팔자, 우리 둘 옷을 죄다 팔아서, 실컷 낭비를 하면서, 사치스럽게 살자. 난 이제, 너한테, 밭일 같은 거 시키기 싫어. 비싼 채소를 사도, 괜찮잖아. 그렇게 매일 밭일을 하는 건, 너한테는 무리야."

실은 나도, 매일같이 밭일을 하기가, 조금 힘에 부치던 참이었다. 아까 그렇게, 미친 듯이 울고불고했던 것도, 밭일을 하고 난 피로와, 슬픔이 뒤범벅되어, 모든 게, 원망스럽고, 귀찮아졌기 때문이다.

나는 침대 위에서, 고개를 숙인 채, 잠자코 있었다.

"가즈코."

"네."

"갈 데가 있다、고 했는데 그게、어디니?"

나는、목덜미까지 빨개졌음을 느꼈다。

"호소다 님?"

나는 대답하지 않았다。

어머니는、깊은 한숨을 내쉬며、

"옛날 일 말해도 돼?"

"하세요。"

하고 나는 작은 소리로 대답했다。

"네가、야마키 님 집에서 나와서、니시카타마치 집으로 돌아왔을 때、엄마는 너를 탓하는 말은 한 마디도 하지 않으려고 했었는데、그런데、딱 한마디、(넌 엄마를 배신했어、라고) 했어。기억하니? 그랬더니、너는 울음을 터뜨렸지、나도 배신했다는 둥 심한 말을 해서 미안하긴 했지만⋯⋯。"

하지만、나는 그때、어머니에게 그 말을 듣고、왠지 고마워서、너무 기뻐서 울었다。

"엄마가 말이야、그때、배신했다고 한 건、네가 야마키 님 집을 나와서가 아니야。야마키 님한테、가즈코가 실은、호소다와 사랑하는 사이였습니다、하는 말을 들었을 때야。그 말을 들은 순간、내 얼굴에서 정말로、핏기가 싹 가시는 심정이었어. 왜냐하면、호소다 님한테는、훨씬 전부터、부인도 있고 자식도 있어서、아무리 이쪽에서 연모를 한다 해도、어찌할 도리가 없는 일이니까……。"

"사랑하는 사이라니、말이 심하네요。야마키 님 쪽에서、그냥 그렇게 멋대로 의심한 것뿐이에요。"

"그래? 너는、설마、호소다 님을、아직도 계속 그리워하고 있는 건 아니겠지? 갈 데가 있다니、어디야?"

"호소다 님 댁은 아녜요。"

"그래? 그럼、어디니?"

"어머니、제가요、요즘 들어 생각한 건데、사람이 다른 동물하고、확연하게 다른 점은、무얼까、언어도 지혜도、사고력도、사회 질서도、저마다 정도의 차이는 있을지언정、다른 동물들한테도 다 있잖아요? 신앙도 있을지 모르죠。인간은、만물의 영장이라며 으스대지만、다른 동물들과 본질적인 차이는 없는 것 같은데、그런데요、어머니、딱 하나、있어요。모르시겠어요? 다른 생물에게는 절대로 없고、사람에게만 있는 것。그건요、비밀、이라는 거예요。어떻게 생각하세요?"

어머니는、아련하게 얼굴을 붉히고、아름답게 웃으시며、

"아아、가즈코의 그 비밀이、예쁜 열매를 맺어주면 좋겠는

데。 엄마는、 매일 아침、 아버지에게 가즈코를 행복하게 해달
라고 기도한단다。"

내 가슴에 휙 하고、 아버지와 함께 나스노*에 드라이브를
갔다가、 도중에 내렸을 때、 그때 본 가을 들판 풍경이 떠올랐
다。 싸리、 패랭이、 용담、 마타리 같은 가을 풀꽃이 피어 있었
다。 개머루 열매는、 아직 새파랬다。

그리고、 아버지와 비와호**에서 모터보트를 탔을 때、 내가
물에 뛰어드니、 수초에 사는 송사리가 내 다리를 스쳤고、 호
수 바닥에、 또렷이 비치던 내 다리 그림자、 그리고 움직이는、
그 모습이 앞뒤、 아무런 연관도 없이、 문득 가슴에 떠올랐다
가、 사라졌다。

나는 침대에서 미끄러져 내려와、 어머니 무릎을 끌어안고서
야、 비로소、

"어머니、 아까는 죄송했어요。"

하고 말할 수 있었다。

생각해보면、 그때가、 다 타버리고 재만 남은 우리들의 행복
이 마지막으로 불꽃을 반짝이던 때였고、 나오지가 남방에서
돌아온 후、 진짜 지옥은 시작되었다。

●도치기현 북부에 있는 도시。 일본의 대표적인 휴양관광지。
●●시가현 한가운데 있는 일본에서 가장 큰 호수。

3

아무래도 이제、도저히、살 수 없을 것 같은 초조함。이것
이、그、불안、이라는 감정일까? 가슴에 고통스러운 물결이 밀
어닥쳐서、그것은 마치、소나기 지나간 하늘에、어수선하게 흰
구름이 잇따라 몰려왔다가 밀려가듯、내 심장을 꽉 조였다가、
풀었다가、맥박이 불규칙해지고、호흡은 희미해지며、눈앞이
흐릿흐릿 어두워지고、온몸의 힘이、손가락 끝으로 쑥 빠져나
가버리는 느낌이 들어、뜨개질을 계속할 수가 없었다。

요즘은、비가 우중충하게 연일 내려、뭘 하려 해도、께느른
해서、오늘은 안방 툇마루에 등나무 의자를 내놓고 앉아、올
해 봄에 한번 뜨다가 그대로 손을 놓아버린 스웨터를、다시

이어서 떠볼 요량이었다. 아련하게 빛바랜 모란색 털실인데、나는 그 털실에、코발트블루 털실을 섞어、스웨터를 짤 생각이다. 그리고、이 모란색이 아련한 털실은、지금으로부터 무려 20년 전、내가 아직 초등과•에 다니던 무렵에、어머니가 내 목도리를 떠주셨던 털실이다. 그 목도리는 끄트머리가 모자처럼 되어 있어서、그걸 뒤집어쓰고 거울을 들여다보면 마치 꼬마 도깨비 같았다. 게다가、색깔이、다른 친구들 목도리하고는、전혀 달라、나는、너무너무 싫어서、견딜 수가 없었다. 간사이•• 지방 고액납세자 집안 친구가、"좋은 목도리 했구나" 하고 어른스러운 말투로 칭찬해주었지만、나는、더더욱 부끄러워져서、그 후로 더는、한 번도 그 목도리를 한 적이 없었고、오랫동안 처박아두었다. 그것을、올해 봄、죽은 물건의 부활이랄까、그런 의미로、풀어서 내 스웨터를 떠야지 생각하고 손을 대보았는데、아무래도、이 빛바랜 듯한 색조가 마음에 들지 않아、또다시 내팽개쳐두었다가、오늘은 너무나도 할일 없이 심심한 바람에、문득 꺼내어、곰작곰작 이어서 떠보았다. 하지만、뜨개질을 하고 있자니、나는、이 아련한 모란색 털실과 회색빛 비 내리는 하늘이、하나로 녹아들어、뭐라 표현할

●소학교의 교육 과정. 초등과 6년, 고등과 2년으로 총 8년으로 구성됨.
●●오사카, 교토 인근 지역.

수 없을 만큼 포근하고 마일드한 색조를 만들어내고 있음을 깨달았다. 나는 몰랐던 것이다. 코스튬은, 하늘의 색과 조화를 염두에 두어야 한다는 중요한 사실을, 몰랐던 것이다. 조화란, 이 얼마나 아름답고 멋진가, 하고 약간 놀라, 멍해진 꼴이었다. 잿빛 비 내리는 하늘과, 아련한 모란색 털실, 그 둘을 짝지우면 둘 다 동시에 싱싱해지니 신기하다. 손에 쥔 털실이 갑자기 따스하게, 차갑게 비 내리는 하늘도 벨벳처럼 보드랍게 느껴진다. 그리고, 모네의 안개 낀 사원 그림•을 떠오르게 한다. 나는 이 털실 색으로 인해, 처음으로 '구••'라는 것을 알게 된 느낌이었다. 고상한 취향. 그리고 어머니는, 겨울날 눈 내리는 하늘과, 이 아련한 모란색이, 얼마나 아름답게 조화를 이루는지 잘 알고 일부러 골라주신 것인데, 나는 바보같이 싫어했고, 그렇다고, 그걸 어린 나에게 강요하지도 않고, 내 멋대로 하게 내버려두신 어머니. 내가 이 모란색의 아름다움을 진정으로 깨달을 때까지, 20년 동안이나, 이 색에 대해서 한 마디 설명도 않으시고, 말없이, 모르는 체 기다리고 계셨던 어머니. 마음 깊이, 좋은 어머니라고 생각하는 동시에, 이런 좋은 어머니를, 나와 나오지 둘이 괴롭히고, 힘들게 해서 쇠약해지

●루앙 대성당 연작으로 생각됨.
●●맛, 안목, 세련미를 뜻하는 프랑스어 goût.

시다가、이러다가 돌아가시는 건 아닐까、불현듯 견딜 수 없는
공포와 근심의 구름이 가슴속에 피어올라、이런저런 온갖 생
각을 하면 할수록、앞길에 너무나 두려운、나쁜 일만 생길 것
같은 예감이 들어、이제 더는、도저히、살 수 없을 정도로 불
안해지고、손가락 끝에 힘도 빠져、뜨개바늘을 무릎에 놓고、
큰 한숨을 쉬며、고개를 뒤로 젖히고 눈을 감은 채、

"어머니。"

하고 나도 모르게 불렀다。

어머니는、안방 구석 책상에 기대어、책을 읽고 계셨는데、

"응?"

하고、나 불렀냐는 듯 대꾸하셨다。

나는、쭈뼛거리다가、일부러 큰 소리로、

"드디어 장미가 피었어요。어머니、아셨어요? 난、지금 봤
어요。드디어 피었어요。"

안방 툇마루 바로 앞에 핀 장미。그 장미는、와다 숙부님
이、옛날에、프랑스였나 영국이었나、가물가물한데、아무튼
먼 나라에서 가지고 와、두세 달 전에、이 산장 정원에 옮겨
심은 것이다。오늘 아침 그게、딱 한 송이 피어 있는 것을、나
는 뻔히 알고 있었지만、무안함을 감추려、지금 막 알았다는

듯 호들갑을 떨었다. 꽃은, 짙은 보라색、카랑카랑한 오만함 과 꿋꿋함이 있었다。

"알고 있었지。"

하고 어머니는 조용히 말씀하시고는、

"너한테는、그런 게、아주 중요한가보구나。"

"그럴지도 모르죠。불쌍해요?"

"아니、너한테는、그런 면이 있다는 말이야。부엌 성냥통에 르누아르 그림을 붙인다든가、인형한테 손수건을 만들어준다 든가、그런 걸 너는 좋아하는 거야。게다가、정원 장미 이야기 도、네가 하는 말을 듣고 있으면、살아 있는 사람 이야기를 하 는 것 같아。"

"아이가 없으니까요。"

나도 전혀 생각지 못한 말이、입에서 튀어나왔다。뱉어버리 고、아차 싶어、멋쩍은 생각에 무릎 위 뜨개질 하던 것을 만지 작거리고 있었는데、

─스물아홉이라서 그래。

그렇게 말하는 남자 목소리가、전화기로 듣는 것처럼 간지 러운 베이스로、분명히 들린 것 같아、나는 부끄러움에、뺨이 타는 듯 달아올랐다。

어머니는、아무 말도 않고、다시、책을 읽으신다。어머니는、얼마 전부터 가제 마스크를 하고 계신데、그 탓인지、요즘 부쩍 말이 없다。그 마스크는、나오지가 시켜서、쓰고 계신 것이다。나오지는、열흘쯤 전에、남방의 섬에서 검푸른 얼굴이 되어 돌아왔다。

아무런 예고도 없이、여름 해질녘、뒷문을 통해 정원으로 들어와서、

"와、지독하네。집 취향 한번 고약해라。라이라이반점•、슈마이•• 있습니다。하고 간판이라도 내걸지 그래?"

그것이 나와 처음 얼굴을 마주쳤을 때、나오지가 건넨 인사였다。

그 이삼일 전부터 어머니는、혀가 아파 누워 계셨다。혀끝이、겉으로 보기엔 아무 이상도 없는데、움직이면 아파 죽겠다고 하셔서、식사도、묽은 죽만 드시고、의사한테 진찰을 받는 게 어때요? 하고 물어도、고개를 저으시고는、

"남들이 웃어요。"

하고 억지로 웃음을 지으시며、말씀하신다。루골액•••을 발

●1910년 도쿄 아사쿠사에 개업한 중화요리점.
●●고기와 야채를 다져서 밀가루로 만든 피로 감싸 찐 만두의 일종. 보통 만두와 달리 윗부분이 열려 있다.
●●●살균, 방부 효과가 있는 용액.

라드렸지만、전혀 안 듣는 것 같아、나는 괜히 조마조마했다。

바로 그때、나오지가 돌아왔다。

나오지는 어머니 머리맡에서、다녀왔습니다、하고 큰절을 하더니、바로 일어나、작은 집 안을 여기저기 둘러보았고、내가 그 뒤를 따라 걸으며、

"어때? 어머니는、변했니?"

"변했네、변했어。수척해졌네。빨리 죽는 게 낫지。이런 세상에서、엄마 같은 사람은、도저히 못 살아。너무 참혹해서、눈 뜨고 볼 수가 없어。"

"나는?"

"천박해졌어。남자 두셋은 들러붙었을 낯짝이야。술 있어? 오늘 밤엔 마실 거야。"

나는 이 마을에 딱 하나뿐인 여관에 가서、여주인 오사키 씨한테、남동생이 전쟁터에서 돌아와서요、술 있으면 조금만 나눠주세요、하고 부탁해봤지만、오사키 씨가、마침 방금、술이 다 떨어졌어요、하고 말하기에、집으로 돌아와 나오지한테 그대로 전했는데、나오지는、생면부지 타인 같은 표정을 얼굴에 띠우며、쳇、흥정이 젬병이니까 그런 거야、하고는、나한테 여관이 어디에 있는지 묻고、정원용 게다를 꿰어 신더니 밖으로 뛰쳐나가서는, 그길로, 아무리 기다려도 집에 들어오지를 않았다. 나는 나오지가 좋아했던 사과 구이•, 그리고, 달걀 요리를 차려놓고, 식당 전구도 밝은 것으로 바꾸고, 한참을 기다렸는데, 그러던 중에, 오사키 씨가, 뒷문으로 삐죽 얼굴을 내밀더니,

"저기、저기、괜찮을까요? 소주를 드시고 계신데。"

하고 잉어 눈처럼 동그란 눈을、더 크게 치켜뜨고、큰일이라도 난 것처럼、소리를 낮추어 말한다.

"소주라면……。그、메틸••?"

"아아뇨、메틸은 아닌데。"

"마셔도、탈은 안 나지요?"

"네、그런데……。"

"마시게 놔두세요。"

오사키 씨는、침을 삼키듯 고개를 끄덕이고 돌아갔다.

나는 어머니 계신 곳으로 가서、

"오사키 씨 가게에서、술 마시고 있다네요。"

하고 말씀을 드렸더니、어머니는、조금 입을 삐죽거리고 웃으시며、

●사과에 버터를 발라 구운 디저트.
●●공업용 메틸 알코올을 섞어 만든 밀주. 마시면 사망 혹은 시력을 잃는다.

"그래. 그럼 아편은、 끊은 건가? 너는、 밥 먹어. 그리고 오늘 밤은、 셋이 이 방에서 자자. 나오지 이불을、 가운데 깔고."

나는 울고 싶었다.

밤이 깊어、 나오지는、 거친 발소리를 내며 돌아왔고、 우리는、 안방에 셋이、 한 모기장에 들어가 잤다.

"남방 이야기 좀、 어머니한테 해드리지 그래?"

하고 내가 누워서 말하니、

"아무것도 없어. 아무것도 없어. 다 잊어버렸어. 일본에 도착해서 기차를 탔는데、 차창 밖으로、 논이、 아주 예쁘게 보이더라. 그게 다야. 불 좀 끄지? 잠을 못 자겠네."

나는 불을 껐다. 여름밤 달빛이 홍수처럼 모기장 안에 가득 넘쳤다.

이튿날 아침、 나오지는 이불 위에 배를 깔고 엎드려、 담배를 물고、 멀리 바다 쪽을 바라보며、

"혀가 아프시다구요?"

하고、 그제야 어머니 건강이 안 좋은 것을 알아챘다는 말투였다.

어머니는、 그저 희미하게 웃으셨다.

"그거는、 틀림없이、 심리적인 건데. 밤에、 입 벌리고 주무시죠? 칠칠치 못하게. 마스크를 쓰세요. 가제에 리바놀[*] 액이라도 적셔서, 그걸 마스크 속에 넣어두세요."

나는 그 말을 듣고 웃음이 터져서,

"그건, 또 무슨 요법인데?"

"미학요법이라는 거다."

"근데, 어머니는, 마스크 같은 거, 보나마나 싫어하실걸?"

어머니는, 마스크는 물론이고, 안대든, 안경이든, 뭘 얼굴에 걸치는 걸 질색하신다.

"그렇지요? 어머니. 마스크 하실래요?"

하고 내가 물으니,

"할게."

하고 작은 목소리로 진지하게 대답하셔서, 나는, 깜짝 놀랐다. 나오지 말이라면, 뭐든지 믿고 따르자고 생각하시는 것 같다.

내가 아침 식사 후에, 아까 나오지가 말했던 대로, 가제에 리바놀 액을 적셔, 마스크를 만들어, 어머니 방으로 가져갔더니, 어머니는, 말없이 받아들고, 누운 채로, 마스크 끈을 두 귀에 순순히 거시는데, 그 모습이, 정말이지 어린 계집아이와

●독성과 자극이 없는 소독약의 일종.

똑 닮아、나는 슬펐다。

정오 지나、나오지는、도쿄에 있는 친구들과、문학 쪽 선생님들을 만나야 한다며 양복으로 갈아입고、어머니에게、2천 엔을 받아 도쿄로 가버렸다。그 후로、벌써 열흘이 다 되건만、나오지는、돌아오지를 않는다。그리고、어머니는、매일 마스크를 하고서、나오지를 기다린다。

"리바놀이라는 거、좋은 약이네。이 마스크를 쓰고 있으면、혀 아픈 게 없어져。"

하고 웃으며 말씀은 하셔도、나는、어머니가 거짓말을 하는 것 같다。이제 괜찮다 괜찮다、하시며、지금은 일어나 계시지만、식욕은 여전히 별로 없는 모양이고、말수도 눈에 띄게 줄어서、너무나 나는 걱정인데、나오지는 도대체、도쿄에서 뭘 하는지、분명 그 우에하라라는 소설가와 어울려 노느라 도쿄 바닥을 휘젓고 다니면서、도쿄의 광기 어린 소용돌이에 말려들어가고 있을 거야、하는 생각을 하면 할수록、괴롭고 힘들어서、어머니에게、느닷없이 장미 이야기를 하고、그리고、아이가 없으니까요、하고 나 자신도 생각지 못했던 이상한 말을 지껄이고、점점、상황이 나빠지기만 해서、

"아。"

하고는 일어났는데、그런데、아무데도 갈 데가 없어서、내 몸 하나 주체 못하고、비틀비틀 계단을 올라、2층 방으로 가보 았다。

여기는、이제 나오지 방이 될 텐데、네댓새 전에 내가、어머 니와 상의 끝에、이웃집 나카이 씨한테 도와달라고 부탁해서、 나오지의 양복장이며 책상이며 책장、또 책과 노트 따위로、 가득 찬 나무 상자 대여섯 개、아무튼 옛날、니시카타마치 집 나오지 방에 있던 물건을 전부、여기로 옮겨、조만간 나오지가 도쿄에서 돌아오면、나오지가 원하는 위치에、옷장 책장 등을 놓기로 하고、그때까지는 그냥 어수선하게 이렇게 놔두는 게 좋을 것 같아서、더는、발 디딜 틈도 없을 만큼、온 방 가득 어 질러진 채로 두었는데、나는、무심코 발치에 있는 나무 상자 에서、나오지의 노트를 한 권 집어 들여다보았더니、그 노트 표지에는、

「박꽃일기」

라고 적혀 있었고、그 안에는、다음과 같은 글이 가득 휘갈 겨 쓰여 있었다。나오지가、그、마약 중독으로 괴로워하던 무렵에 쓴 글 같았다.

타 죽는 심정. 괴로워도, 괴롭다고 일언, 반구, 외칠 수 없는, 예로부터, 미증유, 인간 세상이 시작된 이래, 그 예를 찾아볼 수도 없는, 바닥을 알 수 없는 지옥 같은 감정을, 부정하지 마.

사상? 거짓말이다. 주의? 거짓말이다. 이상? 거짓말이다. 질서? 거짓말이다. 성실? 진리? 순수? 전부 거짓말이다. 우시지마의 등나무•는, 수령 천 년, 유야의 등나무••는, 수백 년이라 하고, 그 꽃이삭도, 전자가 최장 아홉 척²⁷⁰ᶜᵐ, 후자가 다섯 척¹⁵⁰ᶜᵐ 남짓이라 들었건만, 그저 그 꽃이삭에만, 마음이 설렌다.

저것도 사람의 아들. 살아 있다.

논리는, 어차피, 논리에 대한 사랑이다. 살아 있는 인간에 대한 사랑이 아니다.

돈과 여자. 논리는, 수줍어하며, 총총히 멀어진다.

역사, 철학, 교육, 종교, 법률, 정치, 경제, 사회, 그따위 학문보다, 한 아가씨의 미소가 소중하다는 파우스트••• 박사의

● 사이타마현 가스카베시에 있는 거대한 등나무. 국가지정 특별천연기념물.
●● 시즈오카현 교코지라는 절 경내에 있는 거대한 등나무. 국가지정 특별천연기념물.
●●● 괴테의 희곡 『파우스트』의 주인공. 1부는 악마 메피스토펠레스에게 영혼을 판 파우스트 박사가 겪는 일. 2부는 인간의 구원 문제를 다루었다.

용감한 증명。

학문이란、허영의 별명이다。인간이 인간이 아니고자 하는 노력이다。

괴테*에게라도 맹세할 수 있다。나는、얼마든지 잘 쓸 수 있습니다。한 편도 구성을 그르치지 않고、적당한 익살、독자의 눈시울을 뜨겁게 할 비애、혹은 숙연함、쉽게 말해 옷매무새를 가다듬게 하는、완벽한 소설、낭랑히 음독하니、그것인즉、영화관의 변사인가、부끄러워、그런 걸 쓸 수 있겠는가 하고 말한다。애당초 그런、걸작에 대한 생각이、쩨쩨하다는 거야。소설을 읽고 옷매무새를 가다듬다니、정신병자들이나 할 짓이다。그렇다면 더욱더、하오리하카마**를 입고 읽어야지。훌륭한 작품일수록、점잖은 척하지 않는 것 같던데。나는 친구가 진심으로 즐겁게 웃는 얼굴을 보고 싶다는 생각만으로、소설 한 편、일부러 서투르게、지지리 엉망으로 써놓고、엉덩방아를 찧고 머리를 긁적긁적하면서 도망간다。아아、그때、친구가 즐거워하는 얼굴이란!

　문장에 이르지 못하고、사람에 이르지 못한 주제에、장난감 나팔을 불며 아뢰기를、여기에 일본 제일의 바보가 있습니다、당신은 아직 괜찮은 편입니다。건재하시길! 하고 기원하는 애정、그것은 대체 무엇일까요?

　친구、의기양양한 얼굴로、저게 저 녀석의 나쁜 버릇、애석하여라、하고 털어놓음。사랑받고 있는 줄을、모른다。

　악하지 않은 사람이 있을까?

　시시한 생각。

　돈이 필요하다。

　그렇지 않으면、

　자다가 자연사!

　약방에 천 엔 가까이 빚 있음。오늘、전당포 지배인을 몰래 집으로 데리고 와、내 방으로 안내하여、뭔가 이 방에 눈에 띠는 물건 있는가、있다면 가지고 가게、화급히 돈이 필요하네、하고 말하니、지배인 제대로 방 안을 보지도 않고、관두시게、당신 물건도 아닌데、하고 지껄였다。좋아、그렇다면、내가 지금까지、내 용돈으로 산 물건만 가지고 가게、하고 기세 좋게 말하고、긁어모은 잡동사니、전당 잡힐 자격 있는 물건 하나도 없음.

먼저、한쪽 손 석고상。이것은、비너스*의 오른손。달리아 꽃과도 닮은 한쪽 손、새하얀 한쪽 손、그것만 덜렁 선반 위에 얹혀 있다。하지만 잘 보면、이것은 비너스가、그 알몸을、사내에게 들켜、앗 하고 놀라、부끄러움이 휘몰아쳐、벗은 몸 무참히도、연분홍빛으로、남은 곳 구석 없이 물들고、화끈화끈 얼굴이 달아올라、몸을 배배 꼴 때의 손놀림、비너스가 느꼈을 숨마저 멎을 듯한 알몸의 부끄러움을、손가락 끝에 지문도 없고、손바닥에 한 가닥 손금도 없는 순백의 이 가냘픈 오른손이、보는 이의 마음까지 아파질 만큼 가련하게 표현하고 있음을、알 수 있을 터。그렇지만、이것은、이른바、비실용적 잡동사니。지배인、50전으로 대충 값을 매김。

그것 말고、커다란 파리 근교 지도、직경이 한 30cm 자 가까운 셀룰로이드 팽이、실보다도 가늘게 글씨가 써지는 특제 펜촉、전부 진귀한 물건을 우연히 발견한 줄 알고 샀는데、지배인 웃으며、그만 실례하겠습니다、한다。기다려、하며 막아서고、결국 또、책을 산더미처럼 지배인에게 지워주고、돈 5엔을 받는다。내 책장의 책은、거의 값싼 문고본인데、게다가 헌책방에

●그리스 신화 속 여신。아름다움과 관능의 신으로 주로 알몸으로 그려진다。아프로디테。

서 사들인 것이라, 물건 값도 당연히, 이렇게 헐값이다.

천 엔 빚을 해결해야 하는데, 5엔. 세상에서, 나의 실력, 대략 이와 같다. 웃을 일이 아니다.

데카당••? 그러나, 이렇게라도 하지 않으면 살 수 없어. 그렇게 말하며, 나를 비난하는 사람보다는, 죽어! 라고 말해주는 사람이 고맙다. 시원시원하다. 하지만 사람은, 좀처럼, 죽어! 라고는 말하지 않는다. 쩨쩨하고, 조심성 많은 위선자들이여!

정의? 흔히 말하는 계급투쟁의 본질은, 그런 데에 있는 게 아니야. 도리? 웃기지 마. 나는 알고 있지. 자기 행복을 위해서는, 상대를 쓰러뜨려야 한다. 죽여야 한다. 죽어! 라고 하는 선고가 아니라면, 무엇이겠는가. 속이면 안 돼.

하지만, 우리 계급 중에도, 변변한 녀석이 없다. 백치, 유령, 수전노, 미친개, 허풍선이, 이옵니다하옵니다, 구름 위에서 오줌.

죽어! 라는 말조차, 아깝다.

전쟁. 일본의 전쟁은, 자포자기다.

●퇴폐주의 예술가, 퇴폐적인.

자포자기에 휘말려 죽기는、싫어。차라리、혼자 죽고 싶다。

사람은、거짓말을 할 때、반드시、진지한 표정을 짓게 되어
있다。요즘、지도자들의、저、진지함。풋!

남에게 존경받으려 하지 않는 사람들과 놀고 싶다。
그렇지만、그런 훌륭한 사람들은、나와 놀아주지 않는다。

내가 조숙한 척하면、사람들은 나를、조숙하다고 수군거렸
다。내가、게으른 척하면、사람들은 나를、게으르다고 수군거
렸다。내가 소설을 못 쓰는 척하면、사람들은 나를、소설을
못 쓴다고 수군거렸다。내가 거짓말쟁이인 척하면、사람들은
나를、거짓말쟁이라고 수군거렸다。내가 부자인 척하면、사람
들은 나를、부자라고 수군거렸다。내가 냉담한 척하면、사람
들은 나를、냉담한 놈이라고 수군거렸다。그러나、내가 정말
로 힘들어서、나도 모르게 신음했을 때、사람들은 나를、힘든
척한다고 수군거렸다。
어딘가、어긋났다。

결국、자살하는 것 말고 방법이 없잖아.

이렇게 괴로워해도、그저、자살로 끝날 뿐이다、하는 생각
이 들어、소리 놓아 울어버렸다.

봄날 아침、두세 송이 꽃망울을 터트리기 시작한 매화나무
가지에 아침 해가 비치는데、그 가지에 하이델베르크•의 젊은
학생이、축 늘어진 채 목을 매 죽어 있었다고 한다.

"엄마! 저를 혼내주세요!"

"어떤 식으로?"

"겁쟁이야! 하고."

"그래? 겁쟁이야! 이제…… 됐니?"

엄마는 너무너무너무너무너무 좋다. 엄마를 생각하면、울고 싶
다. 엄마에게 사죄하기 위해서라도、죽어야 한다.

용서해주세요. 이번、한 번만、용서해주세요.

연부년

눈이 먼

새끼 학이

커간다

가엾기도 하여라 살은 찌는데• (설날에 지음)

모르핀、아트로몰、나르코폰、판토폰、파비날、판오핀、아트
로핀••

프라이드란 무엇인가、프라이드란。

인간은、아니、남자는、(난 우수하다) (난 장점이 있다) 이런 생
각을 하지 않고서는、살아갈 수 없는 존재일까?

미워하면、미움받는다。

지혜 겨루기。

엄숙함=멍청함。

아무튼、살아 있으니까、사기를 치고 있는 게 틀림없어。

어떤 돈 꿔달라는 편지。

●학은 권력자, 새끼는 그를 추종하는 자, 살이 찌는 것은 욕심이 많아짐을 뜻함.
●●전부 마약성 진통제.

"답장을.

답장을 주십시오.

그리고、그것이 반드시 기쁜 소식이기를.

나는 수많은 굴욕을 기다리며、홀로 끙끙 앓고 있습니다.

연극을 하는 게 아닙니다.

절대로 그렇지 않습니다.

부탁드립니다.

나는 치욕스러워서 죽을 것 같습니다.

과장이 아닙니다.

매일매일、답장을 기다리며、밤에도 낮에도 와들와들 떨고 있습니다.

저를、내치지 말아주세요.

벽에서 소리 죽여 웃는 소리가 들려와、깊은 밤、이불 속에서 데굴데굴 구르고 있습니다.

내가 망신을 당하지 않게 해주세요.

누님!"

거기까지 읽고 나는、그 박꽃일지를 덮어、나무 상자에 도

로 넣고、그리고 창문 쪽으로 걸어가서、창문을 한껏 열고、비
에 희뿌옇게 흐려진 정원을 내려다보면서、그 무렵의 일을 생
각했다。

벌써、그 후로、6년。나오지의、마약 중독이、내 이혼의 원
인이 되었다、아니、그렇게 말하면 안 되지、나는 이혼을、나
오지의 마약 중독이 아니었어도、다른 무언가를 계기로、언젠
가는 하게끔、그렇게、내가 태어날 때부터、정해져 있었다는
기분도 든다。나오지는、약방에 치를 돈이 없어서、툭하면 나
에게 돈을 졸랐다。나는 야마키 집안에 막 시집갔을 때라、돈
을 그렇게 마음대로 쓸 수 있을 리도 없거니와、또、시댁 돈을、
고향에 있는 남동생에게 몰래 융통해주는 것도、상당히 모양
새가 안 좋아 보여서、시집갈 때 내 수발을 들기 위해 친정에
서 데려온 오세키 할멈에게 부탁하여、내 팔찌며 목걸이、드
레스를 내다 팔았다。남동생은 나한테、돈 좀 달라고、그런 편
지를 보냈고、그리고、지금은 힘들고 창피해서、도저히 누나하
고 얼굴을 마주하지도、또 전화로 말하지도、못하겠으니、돈
은、오세키한테 시켜서、교바시[*] ○○동 ○○번지 가야노 아파
트[**]에 사는、누님도 이름은 알 텐데、소설가 우에하라 지로

●긴자와 도쿄역 사이의 유흥가와 주거지가 혼재된 지역.
●●일본식 연립 주택. 방과 분리된 부엌과 욕실 화장실 등이 딸려 있다.

씨 댁으로 보내주시기를、세상 사람들은、우에하라 씨를 몰상
식한 사람이라고 흉을 보지만、절대 그런 사람은 아니니까、안
심하고 돈을 우에하라 씨 댁으로 보내주세요、그렇게 하면、우
에하라 씨가 바로 나한테 전화로 알려주기로 되어 있으니까、
꼭 그렇게 부탁합니다、나는 이번 중독을、엄마한테만은 알리
고 싶지 않습니다。엄마가 알기 전에、어떻게든 이 중독을 고
칠 생각입니다、나는、이번에 누님에게 돈을 받으면、그걸 가
지고 약방에 진 빚을 전부 치르고、그러고 나서 시오바라•에
있는 별장에라도 가서、건강한 몸이 되어 돌아올 생각입니다、
정말입니다、약방에 진 빚을 전부 해결하면、이제 나는、그날
부터 마약 같은 건 딱 끊을 작정입니다、하나님께 맹세합니다、
믿어주세요、엄마에게는 비밀로、오세키한테 시켜서、가야노
아파트 우에하라 씨에게 돈을、부탁입니다、하는 내용의 글
이、그 편지에 쓰여 있었고、나는 시키는 대로、오세키한테 돈
을 들려 보내、몰래 우에하라 씨 아파트로 갖다 주라고 했지
만、남동생 편지 속 맹세는、항상 거짓말、시오바라 별장에는
가지도 않고、약물 중독은 점점 심해지기만 하는데、돈을 조
르는 편지의 문장에서도、비명에 가까운 괴로운 기색이 엿보

●도치기현에 위치한 산과 온천이 어우러진 휴양지.

이고、이번에야말로 약을 끊겠다고、눈 뜨고 볼 수 없을 만큼 애절한 맹세를 하기에、이번에도 거짓말일지 모른다고 생각은 하면서도、그만 또、브로치를 오세키한테 팔아 오라고 해서、그 돈을 우에하라 씨 아파트로 보냈다.

"우에하라 씨는、어떤 분이세요?"

"마르고 안색이 안 좋고、무뚝뚝한 분입니다."

하고 오세키는 대답한다.

"하지만、집에는、좀처럼 붙어 있지를 않습니다. 대개、사모님하고 예닐곱 살 따님、둘만 계시고요. 사모님은 그렇게 미인은 아닌데、나긋나긋하고、됨됨이가 좋은 분 같습니다. 그 사모님한테는、돈을 맡겨도 안심입니다."

그 무렵의 나는、지금의 나와 비교하면、아니、비교고 자시고 안 될 만큼、전혀 다른 사람처럼、흐리터분에、만사태평이었지만、그래도 역시、자꾸만 계속、더구나 점점 큰 액수의 돈을 달라고 하니、걱정이 되어 견딜 수가 없어、하루는、노*를 보고 돌아오는 길에、자동차를 긴자에서 멈추고、그리고 혼자 걸어서 교바시에 있다는 가야노 아파트를 찾아갔다.

우에하라 씨는、방에서 혼자、신문을 읽고 계셨다. 줄무늬

●일본 전통 가면극.

아와세•에、감색 흰점무늬 하오리••를 걸쳤는데、마치 노인 같은、지금까지 본 적 없는 기이한 짐승 같은、이상한 첫인상을 나는 받았다.

"집사람은 지금、아이랑、같이、배급 받으러 갔는데요。"

약간 콧소리로、뜨덤뜨덤 그렇게 말한다. 나를、부인 친구 쯤으로 오해한 듯싶었다. 내가、나오지 누나라고 말씀을 드렸더니、우에하라 씨는、흥、하고 웃었다. 나는、왠지、등골이 오싹했다.

"나갈까요?"

그렇게 말하면서、벌써 니쥬마와시•••를 걸쳤고、신발장에서 새 게다를 꺼내 신더니、후다닥 아파트 복도를 앞장서서 걸어갔다.

밖은、초겨울 해질녘。바람이、차가웠다. 스미다 강∘에서 불어오는 강바람 같았다. 우에하라 씨는、그 강바람을 거슬러 올라가듯、약간 오른쪽 어깨를 추어올린 채로 쓰키지∘∘ 쪽으로 말없이 걸어간다. 나는 종종걸음을 치며、그 사람 뒤를 따라갔다.

•안감을 덧댄 보온이 되는 겨울용 기노모.
••엉덩이까지 덮는 길이의 소매가 넓은 겉옷 상의.
•••남성용 외투. 소매가 없는 대신 어깨를 덮는 망토가 달려 있다.
∘도쿄 북쪽을 흐르는 아라카와 강에서 갈라져 나와 도쿄만으로 흘러드는 강.
∘∘긴자 남서쪽 서민 유흥가. 어시장으로 유명하다.

도쿄 극장* 뒤편에 있는 빌딩 지하실**로 들어갔다. 손님 네댓 무리가, 다다미 스무 장쯤 되는 기다란 방에서, 제각각 탁자를 끼고 둘러앉아, 쥐 죽은 듯 술을 마시고 있었다.

우에하라 씨는, 컵으로 술을 마셨다. 그리고, 나한테도 다른 잔을 시켜 건네주면서, 술을 권했다. 나는, 그 컵으로 두 잔을 마셨지만, 아무렇지도 않았다.

우에하라 씨는, 술을 마시고, 담배를 피우고, 그리고 언제까지고 말이 없었다. 나도, 잠자코 있었다. 나는 이런 곳에 온 게, 태어나서 처음이었지만, 아주 마음이 차분하고, 기분이 좋았다.

"술이라도 마시면 좋겠구만."

"예?"

"아니, 동생 분. 알코올 중독으로 갈아타면 좋을 것 같다구요. 나도 옛날에, 마약에 중독된 적이 있는데, 그건 사람들이 더러워합디다, 알코올도 마찬가지긴 한데, 알코올에는, 사람들이 의외로 너그러워요. 동생 분을, 술꾼으로 만들어버립시다. 괜찮겠지요?"

"저, 딱 한 번, 술꾼을 본 적이 있어요. 새해에, 제가 외출

●1930년에 개관한 대형 극장으로 긴자와 쓰키지 사이에 있었다.
●●긴자의 단골 바 「루팡」으로 생각된다.

하려는데、우리 집 운전수 친구 분이、자동차 조수석에서、도깨비처럼 새빨간 얼굴로、드르렁드르렁 크게 코를 골며 자고 있었어요。제가 놀라서 소리를 질렀더니、운전수가、이놈은 술꾼이라 어쩔 도리가 없습니다、하고 말하고는、자동차에서 끌어내려、어깨에 메고 어디론가 데리고 갔어요。뼈가 없는 것처럼 축 늘어져서는、그런데도 뭐라뭐라、중얼중얼하던데、저는 그때、술꾼이라는 것을 처음 봤지만、재미있었어요。"

"나도、술꾼입니다。"

"어머나、그래도……。아니시지요?"

"그쪽도、술꾼입니다。"

"그렇지、않아요。저는、술꾼을 보기만 했는걸요。절대、아녜요。"

우에하라 씨는、그제서야 재미있다는 듯 웃었고、

"그러면、동생 분도、술꾼은 될 수 없을지 모르지만、아무튼、술을 마시는 사람이 되면 좋다 이거지요。돌아갑시다。늦으면、안 되지요?"

"아니、상관없어요。"

"아니、실은、이쪽이 불편해서 안 되겠어요。누님! 여기 계산 좀!"

"많이 비쌀까요? 조금이라면、저、돈 있는데。"

"그럽시다。그러면、계산은、그쪽이。"

"부족할지도 몰라요。"

나는、가방 속을 보고、돈이 얼마 있는지를 우에하라 씨에게 말해주었다。

"그 정도면、2차、3차도 갈 수 있는데。날 바보 취급하네。"

우에하라 씨는 얼굴을 찡그리며 말하고、그리고 웃었다。

"아무튼、또、마시러 가시는 건가요?"

하고、물었더니、진지하게 고개를 젓고、

"아니、이미 많이 먹었어요。택시를 잡아줄 테니、집에 들어가세요。"

우리는、지하실 어두운 계단을 올라갔다。한 발짝 앞서 올라가던 우에하라 씨가、계단 중간쯤 되는 곳에서、휙 하고 내 쪽을 돌아보더니、재빨리 나에게 키스했다。나는 입술을 굳게 다문 채、키스를 받아들였다。

딱히、전혀、우에하라 씨를 좋아하지도 않았지만、그런데、그 이후로 나에게、그 '비밀'이 생겼던 것이다。

타다닥、우에하라 씨는 뛰어서 계단을 올라갔고、나는 이상하게 투명한 기분이 되어、천천히 걸어 올라가、밖으로 나갔더니、볼에 닿는 강바람이 너무나 상쾌했다.

우에하라 씨가、택시를 잡아주었고、우리 둘은 말없이 헤어졌다.

흔들리는 차 안에서、나는 세상이 갑자기 바다처럼 넓어진 것 같은 기분이 들었다.

"나、애인이 있어요。"

어느 날、나는、남편에게 잔소리를 듣고 섭섭해서、불쑥 그렇게 말했다.

"알아。호소다 맞지? 도저히、단념할 수 없는 건가?"

나는 아무 말도 하지 않았다.

그 문제는、뭔가 껄끄러운 일이 생길 때마다、우리 부부 사이에 끼어들게 되었다。이젠、틀렸다、하고 나는 생각했다。드레스 원단을 잘못 재단했을 때처럼、이제 그 원단은 꿰매어 잇대지도 못하니、전부 버리고、다른 원단을 새로 다시 재단해야만 한다.

"설마、그、배 속에 든 아이는……。"

하고 어느 날 밤、남편이 말했을 때、나는 너무너무 무서워서、덜덜 떨었다。지금 생각하면、나도 남편도、어렸다。나는、사랑을 몰랐다。좋아하는 것、조차、몰랐다。나는、호소다 님이 그린 그림에 푹 빠져서、그런 분의 아내가 된다면、평범한 일상을 얼마나 아름답게 영위할 수 있을까요? 그렇게 고상한 취향을 가진 분과 결혼하는 게 아니라면、결혼 같은 건 무의미해요、하고 나는 누구에게나 말을 하고 다녔고、그 때문에、모두에게 오해를 샀지만、그런데도 나는、사랑이 뭔지도 좋아하는 게 뭔지도 모르는 주제에、아무렇지 않게 호소다 님을 좋아한다고 공공연히 말했으면서、다시 주워 담으려고도 하지 않았기에、일이 묘하게 꼬였는데、그 즈음、내 배 속에 잠자고 있던 조그마한 아기마저、남편에게 의혹의 표적이 되었고、누구 하나 이혼 같은 말을 대놓고 꺼낸 사람은 없었지만、어느샌가 주변 상황이 그렇게 되어버려、나는 시집갈 때 데려간 오세키와 함께 고향의 어머니 집으로 돌아왔는데、그 후、아이는 죽어서 태어나고、난 병이 나 자리에 눕게 되어、뭐、야마키 집안과의 관계는、그렇게 끝나고 말았다.

　나오지는、내가 이혼하게 되었다는 소식에、무언가 책임감 같은 걸 느꼈는지、나는 죽을 거야、하면서、엉엉 소리 내어、얼굴이 썩어버릴 정도로 울었다. 나는 동생에게、약방 빚이 얼마나 되는지 물었는데、그게 무서울 만큼 큰돈이었다. 게다가、그것도 동생이 실제 금액을 차마 말할 수가 없어서 거짓말

을 했다는 걸 한참 후에야 알았다. 나중에 알게 된 정확한 총

액은、그때 동생이 나에게 말해준 액수의 약 세 배 가까이 되

었다.

"나、우에하라 씨 만났어. 좋은 분이시던데、이제부터、우

에하라 씨하고 술을 마시면서 노는 건 어떠니? 술이라면、아

주 싸잖아? 술값 낼 돈 정도라면、내가 언제든 너한테 줄게.

약방에 빚 갚는 것도、걱정하지 마. 어떻게든、될 거야."

우에하라 씨를 만났고、그리고 우에하라 씨가 좋은 분이라

는 내 말에、동생은 왠지 기분이 좋아졌는지、그날 밤、나한테

돈을 받자마자、우에하라 씨 집으로 놀러 갔다.

중독은、그야말로、정신이 아픈 병일지도 모른다. 내가 우

에하라 씨를 칭찬하거나、그리고 동생에게 우에하라 씨 책을

빌려 읽고、훌륭한 분이라는 둥 말을 하면、동생은、누나가 뭘

아냐고 그러면서도、그래도、아주 기쁜 얼굴로、자 이거 읽어

봐、하며 또 우에하라 씨의 다른 책을 나에게 읽으라고 권했

고、그러는 사이에 나도 우에하라 씨 소설을 진지하게 읽게 되

어、둘이서 우에하라 씨에 대한 이런저런 얘기도 했는데、동생

은 매일같이 밤이면 우에하라 씨 집으로 몹시 으스대며 놀러

가면서、점점 우에하라 씨 계획대로 알코올 쪽으로 갈아타고

있는 것 같았다. 약방에 갚아야 할 빚에 대해서、내가 어머니에게 슬쩍 말씀드렸더니、어머니는、한쪽 손으로 이마를 짚은 채、잠시 가만히 계셨지만、이내 고개를 들고 막막하다는 듯 웃으시며、생각해봤자 방법이 없네、몇 년 걸릴지 모르지만、매달 조금씩이라도 갚아야지、하고 말씀하셨다.

그 후로、벌써、6년이다.

박꽃. 아아、동생도 힘들겠지. 더구나、앞길이 막혀서、뭘 어떻게 해야 할지를、아직 전혀 모르는 거겠지. 그저、매일、죽을 작정을 하고 술을 마시는 거겠지.

차라리 눈 딱 감고、진짜 악당이 되어버리면 어떨까、그러면、동생도 되레 편해지지는 않을까.

악하지 않은 사람이 있을까、하는 글이 그 노트에 적혀 있었는데、생각해보니、나도 악당、숙부님도 악당、어머니도、악당이라는 생각이 든다. 악하다는 건、좋은 사람이라는 뜻이 아닐까?

4

　편지를、쓸까、말까、무척 망설였습니다。그렇지만、오늘 아침、비둘기처럼 순박하게、뱀처럼 슬기롭게*、라는 예수님 말씀이 문득 떠올라、이상하게 기운이 나서、편지를 드리기로 했습니다。나오지 누나입니다。잊어버리셨는지요。잊으셨다면、기억해내세요。

　나오지가、얼마 전 또 찾아가서、대단히 폐를、끼친 것 같아、정말 송구합니다。(하지만、사실、나오지 일은、그건 나오지가 알아서 할 일이니、제가 주제넘게 나서서 사과를 드리는 건、난센스 같다는 생각도 듭니다。) 오늘은、나오지가 아니라、제 일로、드

●마태복음 10장 16절.「보라 내가 너희를 보냄이 양을 이리 가운데로 보냄과 같도다 그러므로 너희는 뱀처럼 슬기롭고 비둘기처럼 순박하라」

117

릴 부탁이 있습니다. 교바시 댁에 화재가 나서、그 후로 현재 주소로 옮기셨다는 소식을 나오지한테 듣고、부득이 새로 이사하신 도쿄 교외 쪽 댁으로 직접 찾아뵐까 생각했습니다만、어머니가 얼마 전부터 다시 약간 건강이 안 좋아져、어머니를 두고 도쿄로、도저히 갈 수가 없어서、그래서、편지로 말씀드리기로 했습니다。

당신에게、상담을 드리고 싶은 게 있습니다。

제가 드릴 상담은、지금까지의 『여대학˙』관점에서 보면、매우 엉큼하고、추잡스러운、악질 범죄일지도 모르지만、그렇지만 저는、아니、저희들은、지금 이대로는、도저히 살아갈 수 없을 것 같아、동생 나오지가 이 세상에서 가장 존경한다는 당신에게、저의 거짓 없는 심정을 말씀드리고、의견을 부탁드릴 생각입니다。

저는、현재의 삶을、견딜 수가 없습니다。좋고、싫고 하는 문제가 아니라、도저히、이대로는 우리 세 식구、살아갈 수 없을 것 같습니다。

어제도、괴로워서、몸에 열도 나는 것 같고、숨이 막힐 듯 답답하여、내 몸 하나 추스르지 못하고 있었는데、점심 때 조

●1716년 발행된 여성의 도리와 행실에 대한 교육서. 과거의 여성 가치관을 비유한 말.

금 지나、비가 오는 와중에 이웃 농가에 사는 아가씨가、쌀을
짊어지고 왔습니다。그리고 저는、약속대로 옷가지를 내주었
습니다。아가씨는、식당에서 나와 마주앉아 차를 마시며、정
말이지、리얼한 말투로、

"아휴、물건을 팔아서、이제 앞으로、얼마나 먹고 사실 수
있겠어요?"

하고 묻더군요。

"반년이나 한 1년 정도요。"

하고 나는 대답했습니다。그리고 오른손으로 반쯤 얼굴을
가리고、

"졸려요。졸려서、죽겠어요。"

하고 말했습니다。

"지쳐서 그런 거예요。잠이 오는 신경쇠약일 거예요。"

"그렇겠지요。"

눈물이 나올 것 같은데、문득 내 가슴속에、리얼리즘이라
는 말과、로맨티시즘이라는 말이 떠올랐습니다。나에게、리
얼리즘은、없습니다。이런 상태로、살아갈 수 있을까、하고 생
각하니、온몸에 한기가 느껴졌습니다。어머니는、환자나 다름
없이、앓아누웠다 일어났다 하고、동생은、아시겠지만 마음에

큰 병이 있어서, 여기에 있을 때는, 소주를 마시러, 이 근처 여관을 겸한 요릿집에 출근을 하다시피 하고, 사흘에 한 번 꼴로, 제 옷 판 돈을 들고 도쿄로 외출을 합니다. 하지만, 힘든 건, 그런 게 아닙니다. 저는 그저, 내 생명이, 이런 일상생활 속에서, 파초˙ 이파리가 가지에 달린 채로 썩어가듯, 우뚝 선 채 자연스럽게 썩어가리란 것을 생생히 예감할 수 있기에, 두렵습니다. 도저히, 견딜 수 없습니다. 그래서 저는, 여대학에 어긋나더라도, 지금의 생활에서 벗어나고 싶습니다.

그래서, 저, 당신에게, 상담을 드립니다.

저는, 지금, 어머니와 동생에게, 분명히 선언하고 싶습니다. 제가 전부터, 어떤 분을 사랑하고 있으며, 저는 앞으로, 그분 애인으로 살 작정이라는 말을, 확실히 해두고 싶습니다. 그분은, 당신도 분명 아실 겁니다. 그분 성함은 이니셜로, M. C. 입니다. 저는 그전부터 괴로운 일이 생기면, M. C. 에게 달려가고 싶어서, 애가 타서 죽을 지경이었습니다.

M. C. 는, 당신과 마찬가지로, 부인과 자식이 있습니다. 또, 저보다, 훨씬 예쁘고 젊은, 여자 친구도 있는 것 같습니다. 하지만 저는, M. C. 에게 가는 것 말고, 제가 살 길은 없을 거

●키가 큰 관상용 여러해살이 풀. 커다란 타원형 잎은 넓적하고 두툼하다.

라는 심정입니다。M. C. 의 부인과는、전 아직 만난 적이 없

지만、아주 상냥하고 좋은 분 같습니다。저는、그 부인을 생

각하면、나 자신이 무서운 여자라는 생각이 듭니다。그렇지

만、지금 제 삶은、그 이상으로 무섭다는 생각이 들어、M. C.

에게 어쩔 수 없이 의지해야만 합니다。비둘기처럼 순박하게、

뱀처럼 슬기롭게、저는、제 사랑을 완수하고 싶습니다。하지

만、분명、어머니도、동생도、또 세상 사람들도、누구 하나 제

생각에 찬성해주지 않겠지요。당신은、어떤가요? 저는 결국、

혼자 생각하고、혼자 행동하는 수밖에는 없다、그렇게 생각하

면、눈물이 나옵니다。태어나서 처음 겪는、일이니까요。이、

힘든 일을、주위 사람 모두에게 축복을 받으며 완수할 방법은

없을까、하고 아주 까다로운 대수학•의 인수분해 문제의 답을

생각하듯、정신을 집중하다보면、어딘가 한 군데、깔끔하게

술술 풀리는 실마리가 있을 것 같아、갑자기 기분이 좋아지곤

합니다。

　그렇지만、M. C. 는、저를 어떻게 생각하고 있을지。그 생

각을 하면、풀이 죽고 맙니다。쉽게 말해、저는、불청객……

같은 존재일까요、억지로 들어앉은 여편네라 할 수도 없고、억

●숫자 대신 문자를 사용해 방정식을 푸는 방법을 연구하는 수학의 한 분야.

지로 들어앉은 애인、이라고 해야 할까、그런 셈이라서、M. C. 가 한사코、싫다고 하면、끝。 그래서、당신에게 부탁드립니다。 부디、그분에게、당신이 물어봐주세요。 6년 전 어느 날、내 가슴에 희미하고 아련한 무지개가 걸렸는데、그것은 사랑도 무엇도 아니었지만、세월이 갈수록、그 무지개는 색채가 짙어져 선명함이 더해갔고、저는 지금까지 한 번도、그 무지개를 시야에서 놓친 적이 없었습니다。 소나기 멎은 하늘에 걸린 무지개는、이윽고 덧없이 사라져버리지만、사람의 마음에 걸린 무지개는、사라지지 않을 거라 생각합니다。 부디、그분에게、물어봐주세요。 그분은、정말로、저를、어떻게 생각하고 계신지。 그야말로、비 갠 하늘 무지개처럼、생각하셨을까요? 그래서、진작에 사라져버렸을까요?

그렇다면、저도、제 가슴속 무지개를 지워버려야만 합니다。 하지만、제 목숨을 먼저 지우지 않으면、제 가슴속 무지개는 지워지지 않을 것입니다。

답장、주시길 고대하고 있습니다。

우에하라 지로 님。 (나의 체호프*、마이、체호프。 M. C.)

저는、요즘、조금씩、살이 찌고 있습니다。 동물적인 여자가

●러시아의 의사이자 작가.

되어간다기보다는、사람다워진 거라고 생각합니다。이번 여름에는、로렌스°의 소설、한 편만 읽었습니다。

답장이 없으셔서、재차 편지 드립니다。일전에 드린 편지는、아주、교활한、뱀 같은 간계로 가득 넘쳐났던 것을、빠짐없이 간파하셨겠지요。정말로、저는、그 편지 한 줄 한 줄에 극도로 교활한 꾀를 다해보았습니다。결국、당신에게、내 생활을 도와달라는、돈이 필요하다는、그런 의도뿐인 편지라고 생각하셨겠지요。저도 그것을 부정하지는 않겠지만、그러나 제가 패트런^{후원자}을 원하는 거라면、실례지만、굳이 당신을 택해서 부탁하지는 않을 겁니다。당신 말고도、저를 귀여워해주실 돈 많은 노인들은 많을 테지요。실제로 일전에도、묘한 혼담 같은 것이 있었습니다。그분 성함은、당신도 아실지 모르겠지만、예순 넘은 혼자된 노인인데、예술원°°인가 뭔가의 회원이라나、그런 대단한 어르신이、저를 데리러 이 산장으로 찾아오셨습니다。그 어르신은、저희가 살던 니시카타마치 집 근처에 사셨기 때문에、이웃모임°°°이라는 인연으로、이따금 뵐 일이 있었습니다。언젠가、가을 저녁 무렵이었던 걸로 기억하는

●영국의 소설가. 성과 사랑을 주제로 다루기를 좋아했으며 대표작으로 『채털리 부인의 사랑』 등이 있다.
●●미술, 문학, 공예, 예능 등 다양한 예술 분야에서 뛰어난 공적이 있는 예술가를 우대하기 위해 설립한 명예 기관.
●●●열 집을 하나로 묶어 사상 통제와 상호 감시의 역할을 하던 말단 행정 조직. 도나리구미.

데、저와 어머니 둘이서、자동차를 타고 그 어르신 댁 앞을 지나갔을 때、그분이 혼자 멍하니 대문 옆에 서 계셨고、어머니가 자동차 창밖으로 살짝 어르신에게 고개를 꼬덕이며 인사를 하자、그 어르신의 심술궂게 생긴 검푸르딩딩한 얼굴이、확 하고 단풍잎보다도 빨개졌습니다。

"사랑일까?"

저는、신이 나 들뜬 목소리로 말했습니다。

"어머니를、좋아하나 봐요。"

그렇지만、어머니는 차분히、

"아니야。훌륭한 분이셔。"

하고 혼잣말처럼、말씀하셨습니다。예술가를 존경하는 것은、저희 집안의 가풍인가 봅니다。

그 어르신이、몇 해 전에 부인과 사별하셨다나 하시면서、와다 숙부님과 친하게 지내시던 요쿄•에 일가견이 있는 어느 황족 분을 통해、어머니에게 혼담을 넣으셨는데、어머니는、저에게 있는 그대로 네 생각을 담아 어르신에게 직접 답장을 드리는 게 어떠니? 하고 말씀하셔서、저는 깊이 생각할 것 도 없이、싫어서、저는 지금 결혼할 생각이 없습니다、하는 말을 무

•전통 가면극 노의 대사에 가락을 붙여 부르는 노래.

덤덤하게 술술 적었습니다.

"거절해도 괜찮은 거지요?"

"그거야 뭐. 나도…… 말도 안 되는 이야기라고 생각하고 있었어."

그 무렵、어르신은 가루이자와●에 있는 별장에 계셨기에、그 별장으로 거절하는 답장을 보냈는데、그 후로、이틀째 되는 날、그 편지와 엇갈려、어르신이 몸소、이즈 온천에 볼일이 있어 온 김에 잠깐 들렀노라 말씀하시며、제 답장에 대해서는 전혀 모르신 채、불쑥、이 산장으로 찾아오셨습니다. 예술가란、몇 살을 먹든、이렇게 어린아이 같은 자유분방한 행동을 하게 마련인가 봅니다.

어머니는、몸이 안 좋으셔서、제가 응대하러 나갔고、응접실에서 차를 내드리며、

"저기、거절하는 편지가、지금쯤 가루이자와 쪽에 도착했을 것으로 압니다. 신중하게 생각은 했습니다만."

하고 말씀드렸습니다.

"그런가요."

하고 당황스러운 듯 말씀하시더니、땀을 닦으시며、

●도쿄 북서쪽 나가노현의 고급 휴양지.

"하지만、그 문제는、다시 한 번、잘 생각해 보세요。나는、당신을、어떻게 말해야 좋을까、쉽게 말하자면 정신적으로는 행복하게 해줄 수 없을지도 모르지만、그 대신、물질적으로는 얼마든지 행복하게 해줄 수 있어요。그것만큼은、분명히 말씀드릴 수 있어요。뭐、탁 털어놓고 하는 이야기입니다만。"

"말씀하신、그、행복이라는 걸、저는 잘 모르겠습니다。건방진 소리로 들리시겠지만、죄송합니다。체호프는 아내에게 보내는 편지에、아이를 낳아줘、우리 아이를 낳아줘、라고 썼습니다。니체•인가 하는 사람의 에세이 속에도、아이를 낳아주었으면 하는 여자、라는 말이 있습니다。저는、아이를 원합니다。행복 같은 건、그런 건、어찌 되든 상관없습니다。돈도 좋지만、아이를 키울 수 있을 만큼만 돈이 있으면、그걸로 충분합니다。"

어르신은、묘한 웃음을 지으시며、

"당신은、보기 드문 사람이군요。누구에게나、생각을 그대로 말할 수 있는 사람이네요。당신 같은 사람과 함께 있으면、내 일에 신선한 예술적 영감이 샘솟을 것도 같은데。"

하고、나이에 어울리지 않게、조금은 새겨두고 싶은 말씀을

●독일의 철학자이자 시인.

하셨습니다. 이런 훌륭한 예술가가 하는 일에、만약 정말 내 힘으로 젊음을 되찾게 할 수 있다면、그것도 틀림없이 사는 보람이 될 것이다、하는 생각도 들었지만、그렇지만、저는、그 어르신에게 안기는 제 모습을、도저히 상상할 수가 없었습니다.

"저에게、사랑이라는 감정이 없어도 괜찮으신가요?"

하고 저는 살짝 웃으며 물었는데、어르신은 진지하게、

"여자는、그래도 괜찮습니다. 여자는、덤덤해도、됩니다."

하고 말씀하십니다.

"하지만、저 같은 여자는、역시、사랑이라는 감정 없이는、결혼을 생각할 수가 없어요. 전、이미、어른인걸요. 내년이면、벌써、서른."

하고 말하고는、나도 모르게 입을 틀어막고 싶었습니다.

서른. 여자에게、스물아홉까지는 처녀 냄새가 아직 남아 있다. 하지만、서른 여자의 육체에는、이제、어디에도、처녀 냄새는 없다、는 옛날에 읽은 프랑스 소설 속 문장이 문득 떠오르자、참을 수 없는 허전함이 덮쳐와、밖을 보니、한낮의 햇살을 뒤집어쓴 바다가、유리 파편처럼 강렬하게 반짝이고 있었습니다. 그 소설을 읽었을 때는、그야 그렇겠지 하고 가볍게 고개를 끄덕이고 지나갔습니다. 서른 살이면、여자로서의 삶은, 끝이 난다고 아무렇지 않게 생각하던 그 시절이 그립습니다. 팔찌、목걸이、드레스、오비•、하나하나 제 몸에서 사라져 감에 따라、제 몸에서 처녀 냄새도 점점 희미하게 엷어졌던 것이겠지요。 가난한、중년 여자。 아아、싫어라。 하지만、중년 여자의 삶도、역시、여자의 삶、이겠지요。 요즘 들어、그걸 깨달았습니다。 영국인 여교사가、영국으로 돌아갈 때、열아홉 살 저에게 이렇게 말했던 것이 기억납니다。

"당신은、사랑을 해서는、안 됩니다。 당신은、사랑을 하면、불행해집니다。 사랑을、한다면、더、큰 후에 하세요。 서른이 된 후에 하세요。"

그렇지만、그 말을 듣고 저는、어리둥절했습니다。 서른이 된 후라니、그 시절 저에겐、전혀 상상도 할 수 없는 일이었습니다。

"이 산장을、파신다는 소문을 들었습니다만。"

어르신은、짓궂은 표정으로、불쑥 그렇게 말씀하셨습니다。

저는 웃었지요。

"죄송해요。『벚꽃 동산••』이 떠올랐거든요。 어르신께서 사주시는 건가요?"

●기모노의 허리에 둘러 섶을 여미는 넓적한 띠. 여성의 오비는 화려하고 비싸다.
●●어느 러시아 귀족의 몰락을 그린 안톤 체호프의 희곡.

과연 어르신은, 곧바로 제 말뜻을 알아들으셨는지, 화가 나신 듯 입술만 씰룩이며 아무 말 없으셨습니다.

어느 황족의 거처로, 새 돈* 50만 엔에 이 집을, 파네 마네 하는 말이 있었던 것도 사실이지만, 흐지부지되었는데, 어르신은 그 소문을 들으신 거겠지요. 하지만, 『벚꽃 동산』에 나오는 로파힌** 같은 사람 취급을 하는 건 가당치도 않다는 듯, 몹시 기분이 상하셨는지, 그 후로는, 이런저런 이야기를 잠깐 나누다가 가버리셨습니다.

제가 지금, 당신에게 원하는 것은, 로파힌이 아닙니다. 그건, 분명히 말할 수 있습니다. 그저, 중년 여자의 억지를, 받아주세요.

제가 처음, 당신과 만난 게, 벌써 6년 전 일입니다. 그때는, 저는 당신이라는 사람에 대해 전혀 아는 것이 없었습니다. 그냥, 동생의 스승, 그것도 좀 안 좋은 스승, 그렇게만 생각했습니다. 그리고, 컵으로 함께 술을 마시고, 당신은, 잠깐 가벼운 장난을 치셨지요. 하지만, 저는 아무렇지도 않았습니다. 그냥 이상하게 홀가분해졌다 그 정도 기분이었습니다. 당신이, 좋지도 싫지도 않았고, 아무 감정도 없었습니다. 그러다, 동

●1946년 화폐 개혁 이후에 발행된 화폐.
●●체호프의 희곡 「벚꽃 동산」에 나오는 인물로, 농노 출신의 신흥 부자이며 몰락한 귀족의 영지를 사들인다.

생 비위를 맞추려고、당신이 쓴 책을 동생한테 빌려 읽었는데、재미있기도 하고 재미없기도 하고、그다지 열성적인 독자는 아니었습니다만、6년이 흐르는 사이에、언제부터인가、당신이 안개처럼 제 가슴 깊이 스며들어 있었습니다。그날 밤、지하실 계단에서、우리가 했던 일도、갑자기 생생하고 선명하게 떠올라、왠지 그것은、제 운명을 결정지을 만큼 중대한 일이었다는 생각이 들어、당신이 그리워지고、이것이 사랑일지도 모른다고 생각하니、너무나 불안하건만 기댈 곳 없어、홀로 훌쩍훌쩍 울었습니다。당신은、다른 남자들과、전혀 다릅니다。저는 『갈매기*』에 나오는 니나**처럼、작가를 사랑하는 게 아닙니다。저는、소설가 나부랭이를 동경하는 게 아닙니다。문학소녀、로 여기신다면、저도、당황스럽습니다。저는、당신의 아이를 갖고 싶습니다。

훨씬 오래 전에、당신이 아직 혼자였을 때、그리고 저도 야마키 집안으로 시집가지 않았을 때、만나서、우리가 결혼했더라면、저도 지금처럼 괴로워할 일은 없었을 지도 모르겠지만、저는 이제 당신과 결혼은 할 수 없을 거라고 단념했습니다。당신 부인을 밀어내는 짓、그런 짓은 비열한 폭력 같아서、저

●체호프의 희곡. 작가 지망생 남자와 배우 지망생 여자의 비극적 사랑을 그렸다.
●●체호프의 희곡 『갈매기』의 여주인공. 작가 지망생 뜨레고린을 동경하여 그와 함께 떠나지만 결국 버림받는다.

는 싫습니다. 저는、첩、(이 말은、죽어도 하기 싫었지만、그러나、애인、이라고 한들、속된 말로、첩이나 다름없으니、확실히、말하겠습니다。) 그것도、상관없습니다. 그렇지만、세상 평범한 첩의 삶도、힘겨운 것 같습니다. 사람들 말로는、첩은 대개、쓸모가 없어지면、버림받게 되어 있다고 합니다. 환갑 즈음 되면、어떤 남자든、모두、본처에게 돌아간다고. 그러니、첩만은 되는 게 아니라고、니시카타마치 집 할아범과 유모가 하는 이야기를、들은 적이 있습니다. 그러나、그건、세상 평범한 첩들 이야기이고、우리는、다를 것 같습니다. 당신에게、제일、중요한 건、역시、당신의 일이라고 생각합니다. 그리고、당신이、저를 좋아하신다면、우리 둘이 좋은 사이가 되는 게、일을 위해서도 바람직하겠지요. 그러면、부인께서도、우리 사이를 납득해주실 겁니다. 이상한 구실을、억지로 갖다 붙인 것 같지만、하지만、제 생각은、어디 하나 틀린 데가 없다고 생각합니다.

중요한 것은、오로지 당신의 답장입니다. 저를、좋아하는지、싫어하는지、아니면、아무 감정도 없는지、그 답장、너무나 두렵지만、그렇지만、받아야겠습니다. 일전에 드린 편지에도、저는、억지로 들어앉은 애인、이라고 썼고、또、이번 편지에도、중년 여자의 억지、라고 썼지만、지금 잘 생각해보니、당신에게 답장이 오지 않으면、저、억지를 부리려 해도、아무런、구실이 없어、혼자 멍하니 야위어가기만 할 테지요。역시 당신이 무언가 답을 해주셔야、겠습니다。

지금 퍼뜩 든 생각이긴 한데、당신은、소설로는 연애 모험담 같은 것을 꽤 많이 쓰셨고、대단한 악당이라도 되는 듯 세상 사람들이 수군대지만、실제로는、상식을 갖춘 분이겠지요。저는、상식이 뭔지、모릅니다。좋아하는 일을 할 수만 있다면、그게 훌륭한 삶이라고 생각합니다。저는、당신의 아이를 낳고 싶습니다。다른 사람의 아이는、무슨 일이 있어도、낳고 싶지 않습니다。그래서、저는 당신에게 상담을 하고 있는 겁니다。아시겠다면、답장을 주세요。당신의 마음을、확실하게、말씀해주세요。

비가 멎고、바람이 불기 시작했습니다。지금이 오후 세 시입니다。이제부터、일급주*(여섯 홉**)를 배급받으러 갑니다。럼주*** 병 두 개를、봉투에 넣고、가슴팍 주머니에、이 편지를 품고、이제 10분만 있으면、아랫마을로 갑니다。이 술, 동생은 못 마시게 할 거예요。제가 마실래요。매일 밤、컵으로 한 잔

●정부가 인증한 술. 쌀 부족으로 물이나 공업용 알코올을 섞은 저질 술이 나돌자 정부가 술에 특급부터 5급까지 등급을 매겨 유통하도록 하였다.
●●약 1리터. 한 홉은 약 180ml.
●●●사탕수수 즙으로 설탕을 만들고 남은 찌꺼기인 당밀을 발효시켜 증류한 술.

씩 마실래요。 술은、원래、컵으로 마시는 거잖아요。

　이리로、오지 않으시렵니까?

　M. C. 님。

　오늘도 비가 내렸습니다、눈에 보이지도 않는 안개비가 내렸습니다。 매일매일、밖에 나가지도 않고、답장을 기다리고 있지만、끝내 오늘까지 소식이 없었습니다。 도대체 당신은、무슨 생각을 하고 계신 건지。 요전 편지에、그 어르신 이야기를 썼는데、그게 마음에 안 드신 건지。 혼담 같은 걸 써서、경쟁심을 불러일으키려는 수작이군、하고 생각하시는 건지。 하지만、그 혼담은、그걸로 끝이었습니다。 아까도、어머니와、그 이야기를 하면서 웃었습니다。 어머니가、얼마 전 혀끝이 아프다고 하셔서、나오지가 권한、미학요법을 썼는데、그 요법 덕분에、혀의 통증도 잦아들고、요즘은 그럭저럭 건강하십니다。

　조금 전에 제가 툇마루에 서서 우두커니、소용돌이 휘몰아치는 안개비를 바라보면서、당신의 마음이 어떨지 생각하고 있었는데、

　"우유를 데워놨으니、이리 오렴。"

　하고 어머니가 식당에서 부르셨습니다。

"춥잖아、그래서 아주 뜨겁게 데웠어."

우리는、식당에서 김이 모락모락 피어오르는 뜨거운 우유를 마시며、일전의 그 어르신 이야기를 했습니다.

"그분하고、저는、애초에 전혀 안 어울리잖아요?"

어머니는 대수롭지 않게、

"안 어울려."

하고 말씀하셨습니다.

"저、이렇게 제멋대로인데다、예술가가 싫은 것도 아니고、또、그분은 돈도 많이 버시는 것 같은데、그런 분하고 결혼하면、그것도 괜찮을 것 같긴 해요. 그런데、안 되겠더라구요."

어머니는、웃으시며、

"가즈코는、못됐네. 그렇게、안 되겠다고 하면서、요전에는 그분하고、넉살 좋게 뭐가 그리 재밌는지 이야기를 했었잖아. 네 마음을、모르겠구나."

"어머나、그래도、재미는 있었는걸요. 이런저런 이야기를 더 하고 싶었는데. 제가、조신하지 못했던 거네요."

"아니、빈틈이 없는 거야. 가즈코는 빈틈이 없어."

어머니는、오늘은、아주 컨디션이 좋으세요.

그리고、어제 처음으로 업스타일을 한 제 모습을 보시고、

　"업스타일은 말이야、 숱이 적은 사람이 해야 예뻐。 넌 업스타일이 너무 거창해서、 금으로 된 작은 관이라도 씌워보고 싶단 말이야。 실패야。"

　"저 실망했어요。 그래도、 어머니가 언제였더라、 가즈코는 목덜미가 하얗고 예쁘니까 되도록 목덜미를 감추지 말라고、 말씀하셨잖아요。"

　"그런 말만、 기억하지。"

　"조금이라도 칭찬받은 일은、 평생 안 잊어요。 기억해야、 즐거운걸요。"

　"일전에、 그분한테、 무슨 칭찬이라도 들었니?"

　"네。 그래서、 빈틈이 없어진 거예요。 나랑 있으면 신선한 예술적 영감이、 아、 소름 돋아。 저、 예술가가 싫은 건 아닌데、 그런、 인격자 흉내 내면서、 잘난 척하는 사람、 너무、 싫어요。"

　"나오지 스승님은、 어떤 사람이니?"

　저는、 가슴이 철렁했습니다。

　"잘 모르지만、 하여간 나오지 스승님인걸요、 악당 꼬리표*가 붙은 분 같던데。"

　"꼬리표?"

●옛날 일본에서는 위험 인물과 그 가족은 호적에 붉은 도장으로 낙인을 찍어 경계했다.

하고, 어머니는, 재미있다는 웃음기 가득한 눈으로 되뇌시더니,

"재미있는 말이네. 꼬리표가 붙었다니, 그러면 오히려 안전해서 좋잖아. 방울을 목에 단 새끼 고양이 같아서 귀여울 정도인데? 꼬리표가 안 붙은 악당이, 더 무섭지."

"그런가?"

기쁘고, 기뻐서, 슈욱 하고 몸이 연기가 되어 하늘로 빨려올라가는 기분이었답니다. 아시겠어요? 어째서, 제가, 기뻤는지. 모르시겠다면…… 때려줄 거예요.

정말, 한번, 이쪽으로 놀러 오지 않으시겠어요? 제가 나오지한테, 당신을 모시고 오라고, 시키는 것도, 뭔가 부자연스럽고, 이상하니까, 당신이 혼자 술기운에, 불쑥 여기로 찾아왔다는 식으로 해서, 물론 나오지를 앞세우고 오셔도 상관은 없지만, 하지만, 되도록이면 혼자, 그리고 나오지가 도쿄에 외출을 하고 여기 없을 때 와주세요. 나오지가 있으면, 당신을 나오지한테 빼앗겨서, 보나마나 둘이, 오사키 씨 가게로 소주를 마시러 나갔다가, 그길로 돌아오지 않을 게 뻔하니까요. 저희 집안은, 조상 대대로 예술가를 좋아했던 것 같습니다. 고린•

•일본의 화가. 화려한 장식적 화풍으로 유명하다.

이라는 화가도, 옛날에 저희가 살던 교토 집에 오래 머무르면서, 맹장지•에 아름다운 그림을 그려주었습니다. 그래서, 어머니도, 당신이 방문하시면, 틀림없이 기뻐하실 거라 생각합니다. 당신은, 아마, 2층 방에서 주무시게 될 텐데요. 잊지 마시고 불을 꺼두세요. 제가 작은 촛불을 한손에 들고, 어두운 계단을 올라가서, 그건, 안 될까요? 너무 성급했네요.

저는, 악당이 좋은데. 그것도, 꼬리표가 붙은 악당이, 좋은데. 그리고 저도, 꼬리표가 붙은 악당이 되고 싶은데. 그렇게 되는 것 말고는, 제가 살아갈 방법이, 없을 것 같은데. 당신은, 일본 제일가는, 꼬리표 붙은 악당이지요? 그리고, 요즘은 또, 많은 사람들이, 당신을, 추잡스럽다, 불결하다, 그렇게 말하면서, 심하게 비난하고 공격한다는 말을, 동생에게 듣고, 더욱 당신이 좋아졌습니다. 당신은, 분명 여자 친구가 많겠지만, 머지않아 차차 저 하나만을 좋아하게 될 겁니다. 어째서인지, 저는, 그런 생각이 듭니다. 그리고, 당신은 저와 함께 살면, 매일, 즐겁게 일을 할 수 있을 겁니다. 어렸을 때부터 저는, 곧잘 다른 사람들에게, '너와 함께 있으면 피곤한 줄을 모르겠다'라는 말을 들었습니다. 저는 지금껏, 남한테 미움을

• 격자문 양쪽에 두껍게 종이를 덧발라 빛을 차단할 수 있는 장지문.

산 경험이 없습니다. 모두가 저를、착한 아이라고 했습니다。
그래서、당신도、저를 싫어하실 리가、절대로 없다고 생각하는
겁니다。

　만나면 됩니다。이제、지금은 답장도 뭣도 필요 없습니다。
만나고 싶습니다。제 쪽에서、당신 계신 도쿄 댁으로 찾아가
면 제일 손쉽게 만날 수 있겠지만、어머니가、아무래도 아프
시고、저는 붙박이 간호사 겸 하녀라서、도저히 그럴 수가 없
습니다。부탁입니다。아무쪼록、이리로 와주세요。한번 뵙고
싶어서 그렇습니다。그리고、전부、만나면、아시게 될 터。제
양쪽 입가에 생긴 희미한 주름을 봐주세요。세기의 슬픔에
생긴 주름을 봐주세요。제가 하는 그 어떤 말보다、제 얼굴
이、제 가슴속이 어떤지 똑똑히 당신에게 알려줄 것입니다。

　처음에 드렸던 편지에、제 가슴에 무지개가 걸렸다고 썼습
니다만、그 무지개는 반딧불이 같은、또는 별빛 같은、그런 고
상하고 아름다운 빛은 아닙니다。그런 아련하고 아득한 마음
이라면、저는 이렇게 괴로워하지 않고、차츰 당신을 잊을 수
있었겠지요。제 가슴속 무지개는、불의 다리입니다。가슴을
태울 지도 모를 감정입니다。마약 중독자가、마약이 떨어져
약을 찾을 때의 심정도、이토록 고통스럽지는 않겠지요。잘못

된 게 아니다、도리에 어긋난 게 아니다 생각하면서도、문득、저、엄청난、바보짓을 저지르는 건 아닐까、하는 생각이 들어、소름이 끼칠 때도 있습니다。내가 미쳤지 하고 뉘우치는、그런 생각도、허다하게 합니다。하지만、저도、냉정하게 계획하고 있는 게 있습니다。정말、이쪽으로 한번 와주세요。언제、오시든 상관없습니다。저는 아무데도 가지 않고、언제까지라도 기다리고 있겠습니다。저를 믿어주세요。

한 번 더 만나고、그때、싫다면 분명히 말씀해주세요。제 가슴속 이 불은、당신이 붙인 것이니、당신이 끄고 가주세요。저 혼자 힘으로는、도저히 끌 수가 없습니다。아무튼 만나면、만나야、제가 살겠습니다。『만엽집•』이나『겐지 이야기••』시대였다면、제가 하는 부탁 정도는、아무것도 아닐 텐데。저의 바람。당신의 애첩이 되어、당신 아이의 엄마가 되는 것。

이런 편지를、만약 비웃는 사람이 있다면、그 사람은 여자가 살아가는 노력을 비웃는 사람입니다。저는 숨이 막힐 듯 가라앉은 항구의 공기에 진력이 나서、항구 밖은 폭풍이 몰아친대도、돛을 올리고 싶습니다。늘어진 돛은、예외 없이 더럽습니다。저를 비웃는 사람들은、틀림없이 전부、늘어진 돛입

●7세기~8세기 사이에 편찬된 일본에서 가장 오래된 시가집.
●●11세기 초에 편찬된 고전 소설.

니다. 아무것도 못 하는 사람입니다.

골치 아픈 여자. 하지만, 이 문제로 가장 힘든 사람은 저예요. 이 문제에 대해서, 아무것도, 조금도 힘들어하지 않는 방관자가, 돛을 흉하게 축 늘어뜨리고 있으면서, 이 문제를 비판하는 건, 난센스입니다. 저한테, 무슨무슨 사상을 적당히 갖다 붙이지 않았으면 합니다. 저는 사상이 없습니다. 저는 사상이나 철학 때문에 행동한 적은, 한 번도 없습니다.

세상 사람들로부터 훌륭하다 칭송받고, 존경받는 사람들은, 모두 거짓말쟁이, 가짜라는 걸, 저는 압니다. 저는 세상 사람을 신용하지 않습니다. 꼬리표가 붙은 악당만이, 저의 편입니다. 꼬리표 붙은 악당. 저는, 그 십자가에, 매달려 죽는대도 상관없습니다. 만인에게 비난받아도, 그래도, 저는, 되받아치겠어요. 너희는, 꼬리표가 붙지 않은 훨씬 위험한 악당이잖아, 라고 하면서.

아시겠습니까?

사랑에 이유는 없습니다. 쓸데없는 말을 너무 많이 한 것 같습니다. 동생 말투를 흉내 낸 것에 불과했다는 기분도 듭니다. 당신 오시기를 기다릴 뿐입니다. 한 번 더 만나고 싶습니다. 그뿐입니다.

기다린다。 아아、인간의 삶에는、기뻐하고、화내고、미워하는、갖가지 감정이 있다지만、하지만 그것은 인간의 삶에서 고작 1퍼센트를 차지하는 감정일 뿐、나머지 99퍼센트는、그저 기다리는 삶이 아닐는지요。행복의 발자국 소리가、복도에서 들려오기를 이제나저제나 가슴이 오그라드는 심정으로 기다리지만、공허。아아、인간의 삶이란、너무나도 비참。태어나지 말걸 그랬다고 모두가 생각하고 있는 이 현실。그래도 매일、아침부터 밤까지、덧없이 무언가를 기다리고 있습니다。너무 비참합니다。태어나길 잘했다고、아아、목숨을、인간을、세상을、기꺼이 받아들이고 싶습니다。

앞길을 가로막는 도덕을、밀쳐낼 수는 없습니까?

M. C. (마이、체호프의 이니셜이 아닙니다。저는、작가를 사랑하는 게 아닙니다。마이、차일드。)

5

　나는、올해 여름、어떤 남자에게、편지 세 통을 보냈지만、
답장은 없었다。아무리 생각해도、나에겐 그것 말고 달리 살
아갈 방법이 없다고 생각되어、세 통의 편지에、내 가슴속을
찬찬히 적어、갯바위 끝에서 노도를 향해 뛰어내리는 심정으
로、우체통에 넣었는데、아무리 기다려도 답장이 없었다。동
생 나오지에게、넌지시 그 사람의 상황을 물으니、그 사람은
조금도 변함없이、매일 밤 술집을 돌며 술을 마시고、더욱더
부도덕한 작품만 써서、세상 점잖이들에게、빈축을 사고、미움
을 받는다고 하고、나오지에게 출판업을 시작하라고、권했다
는데、나오지는 귀가 솔깃하여、그 사람 말고도 두세 명、소설

가들을 고문으로 앉혔고、자본을 대주는 사람도 있다나 어떻다나、나오지 말을 듣고 있으면、내가 사랑하는 사람 주변 공기에、나의 체취가 먼지만큼도 스미어 있지 않은 것 같아、나는 부끄럽다는 마음보다도、이 세상이라는 것이、내가 생각하는 세상과는、전혀 다른 별개의 기묘한 생물 같다는 느낌이 들어、나 혼자만 내버려진、아무리 불러도、아무런 대답 없는 해지는 가을 벌판에 남겨진、지금까지 맛본 적 없는 처참한 기분에 사로잡혔다。이것이、실연이라는 것일까? 벌판에 이렇게、그냥 계속 서 있는 사이에、해가 꼴딱 넘어가고、밤이슬에 얼어 죽는 수밖에 없는 것일까? 하고 생각하니、눈물이 나오지 않는 통곡에、두 어깨와 가슴이 세차게 파도치고、숨도 못 쉴 지경이다。

이제 이렇게 된 이상、어떻게든 내가 도쿄로 올라가、우에하라 씨를 만나자、내 돛은 이미 올랐고、배는 항구 밖으로 나가버렸다、마냥 서 있기만 할 수는 없다、갈 데까지 가야만 한다、하고 몰래 도쿄로 올라갈 마음의 준비를 시작하자마자、어머니의 상태가、이상해졌다。

어느 날 밤、기침이 심하게 나와、열을 재봤더니、39도였다。

"오늘、추웠잖아、그래서 그럴 거야。내일 되면 나을 거야。"

하고 어머니는, 연신 콜록거리며 조용히 말씀하셨지만, 나는, 어쩐지, 예사로운 기침이 아니라는 생각이 들어, 내일은 아무튼 아랫마을 의사 선생님을 불러야겠다고 마음먹었다.

이튿날 아침, 열은 37도로 내리고, 기침도 거의 멎었지만, 그래도 나는, 마을 의사 선생님에게 가서, 어머니가, 요즘 들어 갑자기 쇠약해졌고, 어젯밤부터 다시 열이 나고, 기침도, 그냥 감기 기침하고 느낌이 다르다고 말씀드리며, 진찰을 부탁했다.

선생님은, 그럼 나중에 찾아뵙겠습니다, 선물로 받은 물건이 있는데, 하고 말씀하시고는 응접실 구석에 있는 찬장에서 배를 세 개 꺼내 오시더니 나에게 주셨다. 그리고, 점심 때 조금 지나, 점무늬 흰 기모노●에 여름 하오리 차림으로 진찰을 하러 오셨다. 여느 때와 같이, 신중하게 한참 동안, 청진이며 타진을 하시고는, 돌아서서 똑바로, 나와 마주보고,

"걱정하실 거 없습니다. 약을, 드시면, 나을 겁니다."

하고 말씀하신다.

나는 이상하게 우스꽝스러워, 웃음을 참으며,

"주사는, 안 놓으시나요?"

●아래위가 하나로 길게 이어지고 허리띠로 섶을 여미는 일본 전통 의상.

하고 묻자、진지하게、

"그럴 필요는、없습니다. 감기니까、가만히 누워 계시면、금
방 떨어지겠지요."

하고 말씀하셨다.

그렇지만、어머니의 열은、그로부터 일주일이 지나도 내리
지 않았다. 기침은 가라앉았지만、열은、아침에는 37.7도、저
녁이 되니 39도가 되었다. 의사 선생님은、그다음 날부터、배
탈이 나셨다고 해서 쉬고 계시고、내가 약을 받으러 가서、어
머니 상태가 이상하다고 간호사에게 말하며、선생님께 전해달
라고 부탁했지만、평범한 감기니 걱정 않으셔도 됩니다、라는
답과 함께、물약과 가루약을 내주신다.

나오지는 여전히 도쿄 외출중、벌써 열흘 남짓 돌아오지 않
는다. 나 혼자서、불안한 나머지 와다 숙부님께、어머니의 상
태가 심상치 않음을 엽서에 써서 보내 알려드렸다.

열이 오르고 난 후 이래저래 열흘째、마을 의사 선생님이、
드디어 배탈이 다 나았다고 하시며、진찰을 보러 오셨다.

선생님은、어머니의 가슴을 조심스러운 표정으로 타진하며、

"알아냈습니다. 알아냈어요."

하고 크게 말씀하시더니、그리고、또 내 쪽으로 돌아서서

나를 똑바로 보며、

"열이 나는 원인을、알아냈습니다。왼쪽 폐에 침윤*이 생겼습니다。하지만 걱정하실 필요 없습니다。열은、당분간 계속되겠지만、조용히 쉬고 계시면、걱정하실 것 없습니다。"

하고 말씀하신다。

정말일까? 하고 생각하면서도、물에 빠진 사람은 지푸라기에도 매달린다고、마을 의사 선생님이 내린 그 진단에、약간 마음이 놓이는 부분도 없지 않았다。

의사 선생님이 돌아가신 후、

"다행이에요、어머니。침윤 조금 있는 건、누구나 다 그런 거래요。마음만 단단히 다잡고 있으면、거뜬히 나을 거예요。올여름 날씨가 안 좋았던 게 말썽이었나 봐요。여름 싫다。여름 꽃도、싫다。"

어머니는 눈을 감은 채 웃으시며、

"여름 꽃 좋아하는 사람은、여름에 죽는대서、나도 올 여름께 죽겠구나 싶었는데、나오지가 돌아와서、가을까지 살아버렸네。"

나오지는 그 모양이지만、역시 어머니의 삶에 대한 의지를

●염증, 종양이 인접한 장기나 조직으로 번지는 것.

지탱하는 기둥인가, 생각하니, 괴로웠다.

"그래도, 이제 여름이 지나갔으니, 위험한 시기도 고개를 넘은 거예요. 어머니, 정원에 싸리꽃이 피었어요. 그리고 마타리, 오이풀, 도라지, 솔새, 참억새. 정원이 완전히 가을 정원이 되었어요. 10월이 되면, 분명 열도 내릴 거예요."

나는, 그러길 빌었다. 어서 이 9월의, 찌는 듯 더운, 이 늦더위의 계절이 지나갔으면 좋겠다. 그 후, 국화꽃 피고, 화창한 봄 같은 온화한 날씨가 이어지면, 틀림없이 어머니의 열도 내려 건강해지고, 나도 그 사람과 만날 수 있게 되어, 내 계획도 커다란 국화 꽃송이처럼 멋지게 피어날 수 있을지 모른다. 아아, 빨리 10월이 되어 어머니의 열이 내렸으면.

와다 숙부님께 엽서를 보내고, 일주일쯤 지나, 와다 숙부님의 배려로, 예전에 황족 주치의로 계셨던 미야케 선생님께서 간호사를 데리고 도쿄에서 진찰을 하러 오셨다.

선생님은 돌아가신 아버지와도 친분이 있던 분이라, 어머니는, 매우 반가워하는 눈치였다. 게다가, 선생님은 옛날부터 예의도 잘 안 차리고, 입도 걸어서, 그게 또 무척이나 어머니 마음에 드신 모양인데, 그날은 진찰, 같은 건 뒷전으로 미루고 두 분이서 허물없는 정담에 흥겨워하셨다. 내가 부엌에서 푸

딩을 만들어、그걸 방으로 가지고 갔더니、벌써 그 사이에 진
찰도 마친 것 같았고、선생님은 청진기를 아무렇게나 목걸이
처럼 어깨에 걸친 채、안방 복도에 있는 등나무 의자에 앉아、

"내가 말이야、포장마차에 들어가서、우동을 서서 먹었는
데 말이야。맛대가리가、있는지 없는지 모르겠더구만……。"

하고、느긋하게 잡담을 이어가신다。어머니도、아무렇지 않
은 표정으로 천장을 바라보면서 그 말을 듣고 계신다。별일
아니었던 거야、하고 나는、마음을 놓았다。

"어때요? 이 마을 선생님은、왼쪽 가슴에 침윤이 있다고 하
시던데요?"

하고 나도 갑자기 기운이 나서、미야케 선생님에게 물었는
데、선생님은、아무 일도 아니라는 듯、

"뭘、괜찮아。"

하고 가볍게 말씀하신다。

"정말、다행이에요。어머니。"

하고 나는 진심으로 미소 짓고、어머니를 부르며、

"괜찮다고 하시네요。"

그때、미야케 선생님은 등나무 의자에서、슬쩍 일어나 응접
실 쪽으로 가셨다。뭔가 나에게 볼일이 있는 듯 보였기에、나

는 가만히 그 뒤를 따라갔다.

선생님은 응접실 장식장 뒤로 가서 멈춰 서더니、

"쌔액쌔액 소리가 들리더구만."

하고 말씀하셨다.

"침윤이、 아닌가요?"

"아니야."

"기관지염은요?"

나는、 금세 눈물이 그렁그렁해져서 물었다.

"아니야."

결핵! 나는 그 생각만은 하고 싶지 않았다. 폐렴이나 침윤
이나 기관지염이라면、 꼭 내 힘으로 낫게 해드릴 것이다. 그렇
지만、 결핵이라면、 아아、 이제 틀렸는지도 모른다. 나는 발밑
이、 무너져 내리는 심정이었다.

"소리가、 아주 안 좋은가요? 쌔액쌔액 소리가 나나요?"

불안함에、 나는 훌쩍훌쩍 울기 시작했다.

"오른쪽 왼쪽 전부 다."

"그래도、 어머니는、 아직 건강하세요. 밥도、 맛있다 맛있다
하시면서……."

"방법이 없어."

"거짓말이지요? 그렇지요? 아니지요? 버터나 계란이나、우유를 많이 드시면、낫겠지요? 몸에 저항력만 생기면、열도 내리겠지요?"

"그래、뭐든지、많이 드셔야지。"

"그렇지요? 그런 거지요? 토마토도 매일、다섯 개 정도는 드신다구요。"

"그래、토마토 좋지。"

"그럼、괜찮겠지요? 낫겠지요?"

"하지만、이 병은 목숨을 앗아갈 지도 몰라。그렇게 각오하고 있는 게 좋을 거야。"

사람의 힘으로、도저히 어쩔 수 없는 일이、이 세상에는 많이 있다더라 하는 절망의 벽이라는 존재를、태어나서 처음 알게 된 것 같았다。

"2년? 3년?"

나는 떨리는 목소리를 억누르며 물었다。

"몰라。하여간 이제、손을 쓸 수가 없어。"

그리고、미야케 선생님은、그날 이즈 나가오카 온천에 묵을 곳을 예약해놓았다며、간호사와 함께 돌아가셨다。문밖까지 배웅해드리고、그러고 나서、정신없이 안방으로 돌아와 어머

니 머리맡에 앉아、아무 일도 없었다는 듯 웃어 보이자、어머
니는、

"선생님이、뭐라시던?"

하고 물으셨다.

"열만 내리면 괜찮을 거라고。"

"가슴은?"

"대단한 건 아니래요。맞다、언젠가 그 병 때처럼요、분명。
조만간 서늘해지면、점점 괜찮아질 거예요。"

난 내가 하는 거짓말을 믿자고 생각했다. 목숨을 앗아간다
는 무서운 말은、잊자고 생각했다. 나에게는、눈앞에 계신 어
머니가、돌아가신다는、그 말은 내 육체도 함께 소멸되어버린
다는 소리로 들려、도저히 사실로 받아들일 엄두가 나지 않았
다. 이제부터는 모두 잊고、어머니에게、많이많이 맛있는 음
식을 해드려야지. 생선。수프。통조림。간。고깃국。토마토。
계란。우유。맑은장국。두부가 있으면 좋으련만。두부를 넣
은 된장국。흰쌀밥。떡。맛있는 것이라면 뭐든지、내 물건을
전부 팔고、그리고 어머니에게 진수성찬을 차려드려야지.

나는 일어나서、응접실로 갔다. 그리고、응접실 소파를 안
방 툇마루 근처로 옮기고、어머니의 얼굴이 잘 보이도록 앉았

다。누워 계신 어머니의 얼굴은、전혀 병든 사람 같지가 않았
다。눈은 맑아 아름답고、안색도 싱싱하다。매일 아침、같은
시간에 일어나 세수를 하고、그리고 목욕탕에 딸린 쪽방에서
혼자 머리를 묶고、몸단장을 말쑥이 하고、그러고 나서 안방으
로 돌아와、이부자리에 앉은 채 식사를 하고、그러고 나서 자
리에 누웠다 일어났다 하시며、오전은 내내 신문이나 책을 읽
고、열이 나는 건 오후뿐。

'아아、어머니는、건강하셔。틀림없이、건강하셔。'

하고 나는、마음속으로 미야케 선생님이 내린 진단을 완강
히 부정했다。

10월이 되어、그리고 국화꽃 필 무렵이 되면…… 그런 생각
을 하는 사이에 나는、꾸벅꾸벅、졸기 시작했다。현실에서는、
나는 한 번 본 적도 없는 풍경인데、그래도 꿈에서는 가끔 그
풍경을 보고、아아、또 여기에 왔구나 생각이 드는 낯익은 숲
속 호숫가에 나는 있었다。나는 기모노를 입은 청년과 발소
리도 없이 함께 걸었다。풍경 전체가、녹색 안개 자욱한 느낌。
그리고、호수 바닥에 가냘픈 다리가 가라앉아 있었다。

"아아、다리가 가라앉았네。오늘은、아무 데도 못 가겠어。
여기 호텔에서 묵어요。아마、빈 방이 있을 거예요。"

호숫가에、돌로 지은 호텔이 있었다。그 호텔의 돌은、녹색 안개에 젖어 축축했다。돌문 위에、금색 글자가 가느다랗게、HOTEL SWITZERLAND라고 새겨져 있었다。'SWI······' 하고 읽는데、갑작스레、어머니 생각이 났다。어머니는、어떻게 하실까? 어머니도、이 호텔에 오시는 걸까? 하고 궁금해졌다。그리고、청년과 함께 돌문 아래를 지나、앞뜰로 들어갔다。안개 자욱한 뜰에、수국을 닮은 커다란 빨간 꽃이 불타는 듯 피어 있었다。어렸을 적、이불에、새빨간 수국이 흩뿌려져 있는 무늬를 보고、이상하게 우울했는데、과연 빨간 수국이 정말로 있었구나 생각했다。

"춥지 않아?"

"응、조금。안개에 귀가 젖어서、귀 뒤가 시려워。"

하고 말하고 웃으며、

"어머니는、어떻게 하실까?"

하고 물었다。

그러자、청년은、몹시 슬프게 그리고 자애롭게 미소 지으며、

"그분은、무덤 속에 계셔。"

하고 대답했다。

"아。"

하고 나는 작게 소리 냈다. 그랬다. 어머니는, 이제 안 계신다. 어머니 장례식도, 한참 전에 치른 게 아닌가. 아아, 어머니가 이미 돌아가셨다는 사실을 받아들이고는, 말 못 할 허전함에 몸서리치다가, 눈이 떠졌다.

베란다는, 이미 땅거미였다. 비가 내리고 있었다. 녹색 허전함은, 꿈속 그대로, 주변을 온통 떠돌고 있었다.

"어머니."

하고 나는 불러보았다.

차분한 목소리로,

"뭐 하니?"

하는 대답이 있었다.

나는 기쁜 마음에 벌떡 일어나, 안방으로 가서,

"방금, 저, 자고 있었어요."

"그랬구나. 뭐하고 있나, 했지. 긴 낮잠이네."

하고 재미있다는 듯 웃으셨다.

나는 어머니가 이렇게 우아하게 숨 쉬며 살아 계신 것만으로, 너무나 기뻐서, 고마워서, 그만 눈물이 글썽글썽 맺히고 말았다.

"저녁 메뉴는? 드시고 싶은 거 있어요?"

나는, 조금 신이 난 말투로 그렇게 물었다.

"괜찮아. 아무것도 먹고 싶지 않구나. 오늘은, 열이 39.5도로 올랐어."

졸지에 나는, 납작하게 풀이 죽었다. 그리고, 어찌 할 바를 모르고 어두컴컴한 방 안을 멍하니 둘러보다가, 문득, 죽고 싶었다.

"어떻게 된 걸까요……, 39.5도라니."

"아무것도 아니야. 그냥 열이 나기 전이, 기분이 나빠. 머리가 좀 아프고, 한기가 들고, 그러고 나서 열이 나."

밖은, 벌써, 어두웠고, 비는 멎은 것 같은데, 바람이 불기 시작했다. 불을 켜고, 식당으로 가려는데, 어머니가,

"눈이 부시니까, 켜지 마."

하고 말씀하셨다.

"컴컴한 데서, 가만히 누워 계시는 거, 안 싫어요?"

하고 선 채로, 물으니,

"눈을 감고 누워 있는 거라서, 마찬가지야. 전혀, 적적하지 않아. 오히려, 눈부신 게 싫어. 앞으로도, 계속, 방에 불은 켜지 마."

하고 말씀하셨다.

내게는、그 역시 불길한 느낌이라、가만히 안방 불을 끄고、옆방으로 가서、스탠드를 켰지만、울적한 마음을 견딜 수가 없어、서둘러 식당으로 가서、통조림 연어를 차가운 밥 위에 얹어 먹는데、방울방울 눈물이 나왔다。

바람은 밤이 되자 점점 거세게 불고、아홉 시 무렵부터는 비도 섞여、말 그대로 폭풍이 되었다。이삼일 전에 감아올린 마루 끝 발은、와당탕 와당탕 소리를 내고、나는 안방 옆 작은방에서、로자 룩셈부르크•의 『경제학입문』을 기묘한 흥분을 느끼며 읽고 있었다。이 책은 내가、일전에 2층 나오지 방에서 가지고 온 것으로、그때、이 책과 함께、레닌•• 선집、그리고 카우츠키•••의 『사회혁명』도 허락 없이 빌려 와、작은방에 있는 내 책상 위에 올려두었는데、어머니가、아침에 세수를 하고 돌아오는 길에、책상 옆을 지나가다가、우연히 그 세 권의 책에 눈길이 멈춰서、하나하나 손에 들고、바라보셨고、그러고는 작게 한숨을 짓더니、살짝 다시 책상 위에 놓고는、쓸쓸한 얼굴로 나를 흘끗 쳐다보셨다。그렇지만 그 눈빛은、깊은 슬픔으로 가득 차 있었어도、결코 거부감이나 혐오의 눈빛이 아니었다。어머니가 읽으시는 책은、위고°、뒤마 부자°°、뮈세°°°、

●폴란드 출신의 마르크스주의 경제학자 겸 공산주의 혁명가.
●●러시아 제국, 소비에트 연방의 정치가, 노동운동가, 혁명가, 볼셰비키의 지도자.
●●●체코 출신의 독일 마르크스주의 이론가, 경제학자.

도데• 등이지만, 나는 그런 감미로운 이야기책에도, 혁명의 기운이 어려 있음을 안다. 어머니처럼, 천성적인 교양, 이라고 하면 이상하겠지만, 그런 게 있는 사람은, 의외로 아무렇지 않게 당연한 것으로 혁명을 받아들일 수 있는 지도 모른다, 나도, 이렇게, 로자 룩셈부르크의 책을 읽으며, 나 자신이 갈잖다는 생각이 들 때도 없지는 않지만, 그러나 또, 역시 나는 나 나름대로 깊은 흥미를 느낀다. 이 책에 쓰여 있는 건, 경제학이라고 되어 있기는 하지만, 경제학으로 읽는다면, 참으로 시시하다. 실로 단순하고, 다 아는 내용뿐이다. 아니, 어쩌면 나는 경제학이라는 것을 전혀 이해하지 못하는 건지도 모른다. 어쨌든, 나한테는, 조금도 재미가 없다. 인간이란, 인색한 존재이고, 그리고 영원히 인색한 존재일 것이라는 전제가 없으면 경제학은 절대 성립하지 않는 학문이며, 인색하지 않은 인간에게는, 분배의 문제든 뭐든, 전혀 흥미가 없을 것이다. 그래도 나는 이 책을 읽으며, 다른 부분에서, 기묘한 흥분을 느낀다. 그것은, 바로 이 책의 저자가, 아무런 주저도 없이, 닥치는 대로 기존 사상을 파괴해버리는 무모한 용기. 아무리 도

○프랑스의 낭만주의 작가. 대표작 『레 미제라블』 『노트르담의 꼽추』.
○○프랑스의 소설가 알렉상드르 뒤마 페르(1802~1870, 대표작 『삼총사』 『몽테크리스토 백작』)와 그의 아들 극작가 알렉상드르 뒤마 피스(1824~1895, 대표작 『춘희』)를 함께 이르는 말.
○○○프랑스의 시인, 소설가, 극작가.
●프랑스의 작가. 대표작 『마지막 수업』 『별』.

덕에 어긋난다 해도、사랑하는 사람 곁으로 미련 없이 훌쩍 달려가는 유부녀의 모습마저 떠오른다。파괴사상。파괴는、가엾고 슬프고、그리고 아름답다。파괴하고、다시 세워、완성하고자 하는 꿈。그리고、한번 파괴하면、영원히 완성의 날이 오지 않을지도 모르지만、그래도、그리운 사랑이 있기에、파괴해야 하는 것이다。혁명을 일으켜야 하는 것이다。로자는 마르크시즘•을、슬프게도 일편단심으로 사랑하고 있다。

　12년 전、겨울이었다。

　"넌、『사라시나 일기••』에 나오는 소녀로구나。이제、무슨 말을 해도 듣지 않는。"

　그렇게 말하고 나에게서 멀어져간 친구。나는 그때 그 친구가 빌려준、레닌의 책을 읽지 않고 돌려주었다。

　"읽었어?"

　"미안。안 읽었어。"

　니콜라이당•••이 보이는 다리 위에서였다。

　"왜? 어째서?"

　그 친구는、나보다 손가락 한 마디쯤 키가 크고、외국어도

●사회 계급간의 충돌과 혁명에 초점을 두고 사회를 분석하는 사상 체계. 일본에서는 사회주의, 공산주의와 동의어로 통했다.
●●11세기 한 귀족 여성이 쓴 일기. 이야기 속 세상을 동경하는 어린 시절, 현실을 깨닫는 중년, 종교에 귀의하는 노년의 심정이 담겨 있다.
●●●1891년 준공된 비잔틴 양식의 러시아 정교회 산하 성당. 정식 명칭 '도쿄 부활 대성당 교회'. 오차노미즈 역 근처.

잘 하고、빨간 베레모가 잘 어울리고、얼굴도 지오콘다^{모나리자} 같다는 소리를 듣는、아름다운 사람이었다.

"표지 색이、맘에 안 들어서."

"이상해. 그게 아니지? 사실은、내가 무서워진 거지?"

"안 무서워。난、표지 색이、너무 싫었어."

"그렇구나."

하고 섭섭한 듯 중얼거렸고、그러고 나서、나를 '사라시나 일기'라고 하면서、또、무슨 말을 해도 듣지 않는다、며 단정을 지었다.

우리는、잠시 말없이、겨울 강을 내려다보고 있었다.

"그대여 안녕. 만약、이것이 영원한 이별이라면、영원히、안 녕. 바이런."•

하고 말하고、바이런의 그 시구를 원문으로 빠르게 암송한 다음、친구는 나를 가볍게 껴안았다.

나는 부끄러워서、

"미안해."

조용히 사과하고、오챠노미즈•• 역 쪽으로 걸어가다가、뒤 를 돌아보니、그 친구는、아직도 다리 위에 선 채、꼼짝 않고、

●영국 낭만파 시인 바이런의 시 「Fare Thee Well」의 마지막 부분으로 러시아 작가 푸시킨의 운문 소설 「예브게니 오 네긴」 8장 발문에 인용되어 유명해짐.
●●도쿄 아키하바라 서쪽의 대학가 일대.

가만히 나를 바라보고 있었다.

그날 이후로、그 친구와 만나지 않는다. 같은 외국인 교사 집에 드나들었지만、학교가 달랐다.

그로부터 12년이 지났는데도、나는 여전히 '사라시나 일기'에서 한 발짝도 나아가질 않고 있다. 도대체 정말、나는 그동안、무얼 하고 있었던 걸까? 혁명을、동경한 적도 없고、사랑도、몰랐다. 지금까지、세상 어른들은、혁명과 사랑 이 두 가지를、가장 어리석고、역겨운 것이라 우리에게 가르쳤고、전쟁 전에도、전쟁 중에도、우리는 그 말을 믿었는데、패전 후、우리는 세상 어른들을 신뢰하지 않게 되었고、무엇이든 그 사람들이 말하는 반대쪽에 진짜 살길이 있을 거라는 생각이 들어、혁명도 사랑도、사실은 이 세상에서 가장 훌륭하고、달콤하고、너무나 좋은 나머지、어른들은 심술궂게도 우리에게 덜 익은 신 포도라 거짓말을 하면서 가르쳤던 게 틀림없다고 믿게 되었다. 나는 확신하고 싶다. 인간은 사랑과 혁명을 위해 태어난 것이다.

스르륵 문이 열리고、어머니가 웃으며 얼굴을 내미시더니、

"아직 안 자네. 안 졸리니?"

하고 말씀하셨다.

책상 위 시계를 보니、열두 시였다。

"네、하나도 안 졸려요。사회주의 책을 읽고 있자니、흥분
이 돼서요。"

"그렇구나。술 없니? 그럴 땐、술을 마시고 자면、잠이 잘
오는데。"

하고 놀리는 투로 말씀하셨지만、그 태도에는、어딘가 데카
당과 종이 한 장 차이로 우아한 품위가 있었다。

이윽고、10월이 되었지만、화창한 가을의 맑은 하늘이 아니
라、장마철 같은、눅눅하고 무더운 날이 이어졌다。그리고、어
머니의 열은、여전히 매일 저녁이 되면、38도와 39도 사이를
오르내렸다。

그러던 어느 날 아침、무서운 장면을 나는 보았다。어머니
의 손이、부어 있었다。아침밥이 제일 맛있다고 하시던 어머
니도、요즘은、이부자리에 앉은 채、정말 조금、죽 한 그릇、반
찬도 냄새가 강한 건 못 드셔서、그날은、송이버섯 맑은 장국
을 끓여드렸는데、역시、송이버섯 냄새조차 맡기 싫다는 듯、
국그릇을 입가로 가지고 가다가、거기서 끝、다시 슬그머니 밥
상에 내려놓으셨고、그때、나는、어머니 손을 보고、깜짝 놀랐

다。오른손이 부어올라 퉁퉁해져 있었던 것이다。

"어머니! 손、괜찮아요?"

얼굴도 약간 창백하고、부은 것 같다。

"아무렇지도 않아。이 정도는、아무렇지도 않아。"

"언제부터、부었어요?"

어머니는、눈부신 듯 일그러진 얼굴로、말이 없었다。나는、소리 내어 울고 싶었다。이런 손은、어머니 손이 아니다。모르는 집 아주머니 손이다。내 어머니의 손은、훨씬 가늘고 작은 손이다。내가 잘 아는 손。우아한 손。사랑스러운 손。그 손은、영원히、사라져버린 걸까? 왼손은、아직 그렇게 붓지 않았지만、어쨌든 안쓰러워서、보고 있을 수가 없어서、나는 눈을 돌려、방 장식단•의 꽃바구니를 노려보았다。

눈물이 왈칵 나올 것 같은데、참을 수가 없어서、벌떡 일어나 식당으로 갔더니、나오지가 혼자서、계란 반숙을 먹고 있었다。어쩌다 여기 이즈 집에 있는 날도 있지만、밤에는 으레 오사키 씨네 가게에 가서 소주를 마시고는、아침에 언짢은 얼굴로 돌아와、밥은 거른 채、계란 반숙만 네다섯 개 먹고、그리고 다시 2층으로 가서、자는 둥 마는 둥 한다。

•일본식 방 상석에 바닥을 한 단 높여 족자、꽃 등을 놓아두는 곳。도코노마。

"어머니 손이 부었는데."

하고 나오지에게 말을 하다가、고개를 숙였다. 말을 잇지 못하고、나는 고개를 숙인 채、어깨로 울었다.

나오지는 말이 없었다.

나는 고개를 들고、

"이제、틀렸어. 넌、몰랐니? 저렇게 부으면、이제、가망 없는 거라구."

하고、테이블 끝을 짚고 서서 말했다.

나오지도、얼굴이 어두워지더니、

"그럼 뭐、얼마 안 남았겠네. 쳇、그지 같구만."

"나、한 번 더、낫게 해드리고 싶어. 어떻게 해서든、낫게 해드리고 싶어."

하고 오른손으로 왼손을 꼭 쥐면서 말했는데、갑자기、나오지가、훌쩍훌쩍 울기 시작하더니、

"하나도、좋은 일이라고는 없어. 우리한테는、좋은 일이라고는 하나도 없어."

하고 말하며、주먹으로 눈을 북북 비벼댔다.

그날、나오지는、와다 숙부님께 어머니의 상태를 알려드리고、앞으로 어떻게 해야 할지 의논을 한다며 도쿄로 올라가고、나는 어머니 곁에 있을 때를 빼면、아침부터 저녁까지、거의 울며 지냈다. 우유를 받으러 아침 안개 속을 걸으면서도、거울을 보고 머리를 매만지면서도、립스틱을 바르면서도、나는 내내 울었다. 어머니와 보낸 행복한 나날의、이런저런 일들이、그림처럼 떠올라、아무리 울어도 소용이 없었다. 저녁、어두워진 후、응접실 베란다에 나가、한동안 훌쩍거렸다. 가을 하늘엔 별이 빛나고、발밑엔、어느 집 고양이가 옹크리고、꼼짝을 않는다.

다음 날、손의 부기는、어제보다도、더 한층 심해졌다. 식사는、아무것도 드시지 않았다. 귤 주스도、입이 헐어、쓰라려서、못 먹겠다고 하셨다.

"어머니、다시、나오지가 알려준 그 마스크를、하시는 게 어때요?"

하고 웃으며 말할 생각이었는데、말을 꺼내려다、마음이 아파서、엉엉 소리 내어 울고 말았다.

"매일 바빠서、힘들지? 간호사를、고용하렴."

하고 조용히 말씀하시는데、당신보다、나를 더 걱정하고 계심을 잘 알기에、더더욱 슬퍼져서、일어나、목욕탕 쪽방으로 달려가서、실컷 울었다.

정오 조금 지나서、나오지가 미야케 선생님과、간호사 둘을、데리고 왔다.

늘 농담을 입에 달고 사는 선생님도、그때는、화가 난 사람처럼、쿵쿵 방으로 들어오시더니、바로 진찰을、시작하셨다. 그리고、누구에게랄 것 없이、

"쇠약해지셨어요。"

하고 한마디 나직이 말씀하시고는、캠퍼• 주사를 놓으셨다.

"선생님、주무실 곳은?"

어머니는、잠꼬대하듯 말씀하신다.

"저번하고 똑같이 나가오캅니다. 예약했으니、신경 안 써도 됩니다. 환자는、남 걱정은 집어치우고、자기만 생각하면서、드시고 싶은 건 뭐든、많이 드세요. 영양을 섭취하면、좋아질 겁니다. 내일 다시、오도록 하지요. 간호사 하나가 남아 있을 테니、필요한 게 있으면 시키시고。"

하고 선생님은、자리에 누운 어머니를 향해 큰 소리로 말하고、그리고 나오지에게 눈짓을 하며 일어나셨다.

나오지 혼자、선생님과 간호사를 배웅하러 갔고、잠시 후 돌아온 나오지의 얼굴을 보니、그 얼굴、울고 싶은 걸 참고 있

●혈관 운동을 자극하여 혈압을 높이고, 호흡을 원활하게 하는 강심제 주사.

는 얼굴이었다.

우리는, 살그머니 안방에서 나와, 식당으로 갔다.

"가망 없는 거야? 그런 거야?"

"그지 같구만."

하고 나오지는 입을 삐쭉거리며 웃더니,

"몸이, 너무 급격하게 쇠약해진 모양이야. 오늘, 내일이라
도, 어떻게 될지 모른다고 하시네."

하고 말하는 도중에 나오지의 눈에서 눈물이 흘러내렸다.

"여기저기, 전보 안 쳐도 되겠니?"

나는 오히려, 조용히 차분하게 말했다.

"그건, 외삼촌이랑도 얘기했었는데, 외삼촌은, 지금은 그렇
게 사람을 모을 수 있는 시절이 아니라고 하던데. 모은다 해
도, 이렇게 집이 좁으면, 오히려 실례라고, 이 근처엔, 변변한
여관도 없는데, 나가오카 온천에도, 방 두 개 세 개는 예약할
형편이 못 되잖아, 그러니까, 우리는 이제 가난해서, 그런 훌
륭하신 양반들을 불러들일 힘이 없다는 말이야. 외삼촌은,
일 나면 바로 오겠지만, 하지만, 그 인간은, 옛날부터 좁쌀이
라, 의지고 나발이고 되지도 않아, 어젯밤에도 나참, 엄마 병
은 뒷전으로 미루고, 나한테 실컷 설교질이잖아. 좁쌀영감한

테 설교 듣고、눈이 뜨였다는 사람은、동서고금을 막론하고 한 명이라도 있었던 예가 없다구。누나 동생 사이지만、엄마랑 그 인간은 완전히、하늘과 땅 차이라니까、지겨워、지겨워。"

"그치만、나는 어찌 됐든、너는、앞으로 숙부님한테 의지해 야……。"

"절대。차라리 빌어먹는 게 낫지。누나야말로、앞으로、외삼촌한테 부탁해서 잘 매달려。"

"나는……。"

눈물이 났다。

"난、갈 데가 있어。"

"혼담? 정해진 거야?"

"아니。"

"자립인가? 일하는 여자。관둬、관둬。"

"자립 아니야。나 말이야、혁명가가 될 거야。"

"뭐?"

나오지는、이상한 표정으로 나를 보았다。

그때、미야케 선생님이 데려온 전담 간호사가、나를 부르러 왔다。

"사모님께서、뭔가 하실 말씀이 있는 것 같습니다。"

서둘러 방으로 가서, 이부자리 옆에 앉아,

"왜요?"

하고 얼굴을 가까이 대며 물어보았다.

하지만, 어머니는, 무슨 말을 하고는 싶은 눈치인데, 말이

없다.

"물?"

하고 물었다.

희미하게 고개를 젓는다. 물도 아닌 것 같다.

조금 있다가, 작은 목소리로,

"꿈을 꿨어."

하고 말씀하셨다.

"그래요? 어떤 꿈?"

"뱀 꿈."

나는, 흠칫했다.

"툇마루 섬돌• 위에, 빨간 줄무늬가 있는 암컷 뱀이, 있을

거야. 한번 보렴."

나는 오싹함을 느끼며, 벌떡 일어나 툇마루로 나가, 유리창

너머로, 보았더니, 섬돌 위에 뱀이, 가을 햇살을 받으며 길게

●집채 처마 안쪽으로 한 단 높여 쌓은 돌.

늘어져 있었다。 나는、 어찔어찔 현기증이 났다。

난 널 알아。 그때보다는、 조금 커지고 늙긴 했지만、 하지만、
나 때문에 알이 불에 타버린 그 암컷 뱀이로구나。 너의 복수、
이제 나도 잘 알겠어、 그러니、 저리 가。 빨리、 저리 가라구。

하고 마음속으로 되뇌며、 그 뱀을 바라보고 있었는데、 도무
지 뱀은、 움직이려 하지 않았다。 나는 왠지、 간호사에게、 그
뱀을 들키고 싶지 않았다。 쿵 하고 세게 발을 구르고、

"없어요、 어머니。 꿈이란、 믿을 게 못 돼요。"

하고 일부러 필요 이상으로 큰 소리로 말하고、 흘끔 섬돌
쪽을 돌아보니、 뱀은、 간신히、 몸을 움직여、 흐물흐물 섬돌에
서 흘러내렸다。

이젠 틀렸다。 틀렸다고、 그 뱀을 보고、 체념이、 처음으로 내
마음 밑바닥에서 솟아났다。 아버지가 돌아가실 때도、 머리맡
에 까만 작은 뱀이 있었다고 하고、 또 그때、 정원의 나무란 나
무에 전부 뱀이 휘감겨 있던 것을、 나는 보았다。

어머니는 이부자리 위에 고쳐 앉을 기운도 없는지、 늘 꾸벅
꾸벅 졸면서、 이제 몸을 온전히 전담 간호사에게 맡기고、 그리
고、 식사는、 이제 거의 목구멍으로 넘기지도 못하는 모양이었
다。 뱀을 본 후、 나는、 슬픔의 바닥을 뚫고 올라온 마음의 평

안、이라고 해야 할까、그러한 행복감과도 닮은 마음의 여유가 생겨서、이제 이렇게 된 바에、될 수 있으면、그냥 어머니 곁에 있자고 생각했다.

그리고 그 이튿날부터、어머니 머리맡에 바싹 다가앉아 뜨개질을 했다. 나는 뜨개질도 바느질도、남들보다 훨씬 빠르긴 하지만、그런데、잘 하지는 못했다. 그래서、언제나 어머니는、그 서투른 부분을、하나하나 손수 가르쳐주시곤 했다. 그날도 나는、별로 뜨개질을 하고 싶은 마음은 없었지만、어머니 옆에 찰싹 달라붙어 있어도 부자연스럽지 않게끔、모양새를 갖추기 위해서、털실 상자를 들고 나와서 여념 없는 듯 뜨개질을 시작했다.

어머니는 내 손놀림을 지그시 바라보며、

"너 신을 양말을 뜨는 거니? 그러면、음、여덟 코 늘려야지、안 그러면 신을 때 꽉 껴."

하고 말씀하셨다.

나는 어렸을 적에、아무리 배워도、도무지 잘 뜰 수가 없었는데、그때처럼 당황스럽고、부끄럽고、그리운데、아아 이제、이렇게 어머니에게 배우는 것도、이걸로 끝이구나 생각하니、그만 눈물에 바늘코가 흐려져 보이지 않았다.

어머니는, 이렇게 주무시고 계시면, 전혀 아픈 사람 같지가 않다. 식사는, 이제, 오늘 아침부터 전혀 못 넘기셔서, 가제에 찻물을 적셔 가끔 입을 축여드리는 게 전부지만, 하지만 의식은, 또렷하고, 때때로 나에게 부드럽게 말을 건네신다.

"신문에 폐하* 사진이 나왔던 것 같던데, 한 번 더 보여줘."

나는 신문에 실린 그 부분을 어머니 얼굴 위로 가져갔다.

"늙으셨구나."

"아니, 이건 사진이 잘못 나온 거예요. 요전에 나온 사진은, 훨씬 더 젊고, 활달하셨어요. 오히려 이런 시대가 된 걸, 기뻐하실 걸요?"

"왜?"

"왜냐하면, 폐하도 이번에 벗어나신 거잖아요."

어머니는, 쓸쓸하게 웃으셨다. 그리고, 잠시 후,

"울고 싶어도, 이제, 눈물이 나오질 않아."

하고 말씀하셨다.

난, 어머니는 지금 행복한 게 아닐까, 문득 생각했다. 행복이란, 비애의 강바닥에 가라앉아, 희미하게 빛나는 사금 같은 게 아닐지. 슬픔의 끝을 지나, 희미하게 반짝이는 불가사의한

●히로히토 일왕(1901~1989).

마음、그것이 행복이라면、폐하도、어머니도、그리고 나도、틀림없이 지금、행복하다。조용한、가을날 오후。햇살이 따사로운、가을의 뜰。나는、뜨개질을 멈추고、가슴 높이에 빛나고 있는 바다를 바라보며、

"어머니。저 지금까지、세상을 몰랐어요。"

하면서、그리고、하고 싶은 말이 더 있었지만、안방 구석에서 정맥주사를 놓을 준비를 하는 간호사한테 들릴까 부끄러워、말하려다 말았다。

"지금까지라니……。"

하고 어머니는、엷게 웃으시며 따지듯、

"그럼、지금은 알고?"

나는、어째서인지 얼굴이 새빨개졌다。

"세상은、모르겠어。"

하고 어머니는 얼굴을 저쪽으로 돌리고、혼잣말처럼 나직이 말씀하신다。

"난、모르겠구나。아는 사람이、있을라구。아무리 세월이 흘러도、모두 어린애야。무엇 하나、알지도 못한다구。"

그렇지만、나는 살아가야 한다。어린애일지는 몰라도、그래도、응석만 부리고 있을 수도 없게 되었다。나는 이제부터 세상과 싸워야 한다. 아아, 어머니처럼, 남들과 다투지 않고 미위하지 않고 원망하지 않고, 아름답게 슬프게 생을 끝마칠 수 있는 사람은, 이제 어머니가 마지막, 앞으로 세상에는 존재할 수 없는 게 아닐까. 죽어가는 사람은 아름답다. 산다는 것. 살아남는다는 것. 그것은, 너무도 추하고, 피비린내 나고, 구차한 것이라는 기분도 든다. 나는, 알을 배고, 구멍을 파는 뱀의 모습을 방바닥 위에 상상해보았다. 하지만, 나에게는, 끝내 단념할 수 없는 게 있다. 한심하다 해도 좋다, 나는 살아남아, 생각한 것을 이루기 위해 세상과 싸워나가자. 어머니는 결국 돌아가실 거라고 마음을 다잡고 나니, 나의 로맨티시즘과 감상은 차차 사라지고, 왠지 나 자신이 방심할 수 없는 교활한 생물로 변해가는 듯했다.

그날 점심 때 지나, 내가 어머니 옆에서, 입을 적셔드리고 있는데, 대문 앞에 자동차가 멈춰 섰다. 와다 숙부님이, 숙모님과 함께 도쿄에서 자동차로 달려오셨다. 숙부님이, 안방으로 들어가, 어머니 머리맡에 가만히 앉으시니, 어머니는, 손수건으로 자기 얼굴 아래쪽을 반쯤 가리고, 숙부님 얼굴을 바라보며, 우셨다. 그렇지만, 우는 표정을 지었을 뿐, 눈물은 나오지 않았다. 인형 같은 느낌이었다.

"나오지는, 어디 있니?"

하고, 잠시 후 어머니는, 내 쪽을 보고 말씀하셨다.

나는 2층으로 가서, 소파에 엎드려 신간 잡지를 읽고 있는 나오지에게,

"어머니가, 부르셔."

하고 말하자,

"와아, 또 눈물 바다 연출인가? 그대들은, 잘도 참고 거기에 버티고 있구나. 굳세도다. 냉정하도다. 우리는, 참으로 괴로워서, 실로 마음은 뜨겁지만, 육체가 연약하여, 도저히 엄마 곁을 지킬 기력이 없구나."

라는 둥 지껄이면서 하오리를 걸치고, 나와 함께 2층에서 내려왔다.

둘이 나란히 어머니 머리맡에 앉자, 어머니는, 갑자기 이불 속에서 손을 내밀더니, 그러더니, 손가락으로 가만히 나오지를 가리키고, 그리고 나를 가리키고, 그리고 숙부님 쪽으로 얼굴을 돌리고는, 두 손바닥을 꼬옥 맞댔다.

숙부님은, 크게 끄덕이며,

"아아, 알겠어요. 알겠어."

하고 말씀하셨다.

어머니는, 마음이 놓이셨는지, 눈을 지그시 감고, 손을 이불 속으로 가만히 집어넣었다.

나는 울었고, 나오지도 고개를 떨구고 오열했다.

그때, 미야케 선생님이, 나가오카에서 오셔서, 일단 주사를 놓아주셨다. 어머니도, 숙부님을 봤으니, 이제, 여한이 없다고 생각했는지,

"선생님, 빨리, 편하게 해주세요."

하고 말씀하셨다.

선생님과 숙부님은, 얼굴을 마주본 채, 아무 말이 없고, 그리고 두 분 눈에 눈물이 반짝 빛났다.

나는 일어나 식당으로 가서, 숙부님이 좋아하시는 유부 우동을 만들어, 선생님과 나오지, 숙모님 것까지 네 그릇을, 응접실로 내간 다음, 숙부님이 사 오신 마루노우치 호텔•의 샌드위치를, 어머니께 보여드리고, 머리맡에 놓자,

"정신없겠다."

하고 어머니는, 속삭이셨다.

응접실에 모두 모여 잠시 이런저런 이야기를 하다가, 숙부님 숙모님은, 무슨 일이 있어도 오늘 밤, 도쿄로 돌아가야만

•1924년에 도쿄 마루노우치에 개업한 호텔.

하는 사정이 있다며, 나에게 위로금이 든 봉투를 건넸고, 미야케 선생님도 간호사와 함께 돌아가기로 하고, 전담 간호사에게, 이런저런 조치 방법을 일러준 뒤, 어쨌든 아직 의식은 또렷하고, 심장 쪽도 그렇게 안 좋은 건 아니니, 주사만으로도, 너댓새는 괜찮을 거라고 하시고는, 그날은 일단 모두 자동차를 타고 도쿄로 올라가셨다.

모두를 배웅하고, 안방으로 갔더니, 어머니가, 나에게만 보여주시는 다정한 웃음으로,

"정신 하나도 없었지?"

하고, 또, 속삭이듯 나직이 말씀하셨다. 그 얼굴은, 생기가 돌고, 차라리 빛이 나는 듯 보였다. 숙부님을 볼 수 있어서 기쁘실 거야, 하고 나는 생각했다.

"아녜요."

나도 조금 마음이 들떠서, 방긋 웃었다.

그리고, 그것이, 어머니와 나눈 마지막 대화였다.

그러고 나서, 세 시간 남짓, 어머니는 돌아가셨다. 어느 가을날 고요한 황혼 녘, 간호사가 맥을 짚고, 나오지와 나, 피붙이 단 둘이 지켜보는 가운데, 일본 최후의 귀부인이었던 아름다운 어머니가.

돌아가신 어머니 얼굴은, 거의, 변함이 없었다. 아버지 때
는, 싸악, 얼굴색이 변했지만, 어머니 얼굴색은, 조금도 변함
없고, 숨만 끊어졌다. 숨이 끊어진 것도, 언제라고, 정확히 알
수 없을 정도였다. 얼굴의 부기도, 전날 무렵부터 빠지더니,
볼은 밀랍처럼 매끈하고, 얇은 입술이 어렴풋이 일그러져 미
소를 짓는 것 같기도 한데, 살아 있는 어머니보다, 우아하고
아름다웠다. 나는, 피에타의 마리아•를 닮았다고 생각했다.

•죽은 예수를 품에 안고 슬퍼하는 마리아를 주제로 한 조각상 또는 그림.

6

전투, 개시。

언제까지、슬픔에 잠겨 있을 수는 없었다。나에게는、반드시、싸워서 쟁취해야 하는 것이 있었다。새로운 윤리。아니、그런 말도 위선적이다。사랑。그것뿐이다。로자가 새로운 경제학에 의지하지 않으면 살 수 없었듯、나는 지금、사랑 그 하나에 매달리지 않으면、살 수 없다。예수님이、이 세상 종교인、도덕가、학자、권위자들의 위선을 들춰내고、하나님의 진정한 애정이라는 것을 조금도 주저함 없이 있는 그대로 사람들에게 알리기 위해서、열두 제자를 만방으로 보내려 하실 때、제자들에게 들려준 가르침은、지금 내 상황과도 전혀、관계없지는 않을 것 같다는 생각이 들었다.

"전대 속에 금、은、또는 돈을 지니지 말라。여행의 배낭도、두벌 옷도、신발도、지팡이도 지니지 말라。보라、내가 너희를 보냄은、양을 이리떼 가운데로 보냄과 같도다。그러므로 뱀처럼 슬기롭고、비둘기처럼 순박하라。뭇사람들을 경계하라、그들은 너희를 공회에 넘겨주겠고、회당에서 채찍질하리라。또 너희가 나로 인하여、관리들과 임금들 앞으로 끌려가리라。그들이 너희를 넘겨줄 때에 어떻게 무엇을 말할까 염려치 말라、해야 할 말은、그때 알려주시리니。말하는 이는 너희가 아니라、너희 안에서 말씀하시는 너희 아버지의 영이시니라。또 너희가 나의 이름으로 말미암아 모든 사람들에게 미움을 받으리라、그러나 끝까지 견디는 자는 구원을 얻으리라。이 동네에서、박해를 받으면、저 동네로 피하라、진실로 너희에게 이르노니、너희가 이스라엘의 모든 동네를 다니기 전에 사람의 아들은 오리라。

몸을 죽이고 영혼을 죽이지 못하는 자들을 두려워 말라、몸과 영혼을 게헤나*에서 능히 멸하실 수 있는 이를 두려워하라。내가 이 땅에 평화를 주러 왔다고 생각지 말라、평화가 아

●이스라엘 남서쪽 과거 우상을 숭배하는 자들이 어린이들을 제물로 바치던 계곡. 훗날 저주받은 땅으로 여겨져 쓰레기 소각장이 됨. 전하여 불지옥이라는 의미.

니요、오히려 검을 주러 왔나니。 내가 온 것은 그 아들과 아비를、딸과 어미를、며느리와 시어미를、불화하게 하려 함이니。 사람의 원수는、자기 집안 식구니라。 나보다 아비와 어미를 사랑하는 자、내게 합당치 아니하고、나보다 아들과 딸을 사랑하는 자、내게 합당치 아니하며。 또한 자기 십자가를 지고서 나를 따르지 않는 자도、내게 합당치 아니하리니。 제 목숨을 얻는 자는、잃을 것이요、나를 위하여 제 목숨을 잃는 자는、얻으리로다。"•

전투、개시。

만약、내가 사랑 때문에、예수님의 이 가르침을 속속들이 그대로 지키리라 맹세한다면、예수님은 꾸짖으실까? 왜、'사랑'은 나쁘고、'박애••'는 좋은지、나는 모르겠다。 아무리 생각해도 똑같은 것 같다。 뭔지 알지도 못하는 사랑을 위해、박애를 위해、그 슬픔을 위해、몸과 영혼을 게헤나에서 능히 멸할 수 있는 자、아아、나는 내가 바로、그렇다고 우겨대고 싶다。

숙부님 숙모님 도움으로、이즈에서 어머니 가족장을 치른 후、도쿄에서 정식 장례를 치렀고、그러고 나서 또 나오지와 나는、이즈 산장에서、서로 얼굴을 마주쳐도 말을 섞지 않는、

●마태복음 10장 9절 ~ 39절。
●●이성 사이의 애정만이 아닌 모든 사람에 대한 보편적 사랑。

이유를 알 수 없는 껄끄러움 속에 살았는데, 나오지가 출판업 자본금이라는 명목으로, 어머니의 보석을 전부 들고 나갔다가, 도쿄에서 술을 퍼마시다 지쳐서, 이즈 산장으로 큰 병 걸린 사람처럼 새파랗게 질린 얼굴을 하고 비틀비틀 돌아와, 자곤 하던, 어느 날, 댄서 분위기가 나는 젊은 여자를 데리고 왔는데, 아닌 게 아니라 나오지도 조금 쭈뼛거리기에,

"오늘, 나, 도쿄 가도 돼? 친구 집에, 오랜만에 놀러 가고 싶어. 이틀이나, 사흘쯤, 자고 올 테니까, 넌 집 좀 봐. 밥은, 저분께, 부탁하면 되겠네."

나오지의 약점을 놓치지 않고 이용하여, 말하자면 뱀처럼 슬기롭게, 나는 화장품이며 빵이며 가방에 쑤셔 넣고, 지극히 자연스럽게, 그 사람을 만나러 도쿄로 갈 수 있었다.

도쿄 변두리, 국철 오기쿠보 역* 북쪽 출구에 내려서, 거기서 20분 정도면, 그 사람이 패전 후 새로 이사한 집에 찾아갈 수 있을 거라던, 나오지의 말을 전에 흘려들은 적이 있다.

초겨울 찬바람이 거세게 부는 날이었다. 오기쿠보 역에 내렸을 무렵에는, 이미 주위가 어둑어둑했고, 나는 지나가는 사람을 붙들고, 그 사람 주소를 대며, 어느 쪽으로 가야 하는

●신쥬쿠 서쪽에 위치한 주거 지역.

지 물어 물어、한 시간 가까이 컴컴한 교외의 골목길을 헤맸지만、너무나 불안해서、눈물이 나오고、그러는 사이에、자갈길 돌부리에 걸려 게다 끈이 뚝 하고 끊어져버려、어쩔 줄을 몰라 우뚝 멈춰 서 있었는데、문득 오른쪽에 있는 목조 다세대주택* 두 집 중 한 집의 문패가、밤눈으로 봐도 허옇게 새것 같아 눈에 띄었고、거기에 '우에하라'하고 적혀 있을 것 같은 기분이 들어、한쪽 발은 버선만 신은 채、그 집 현관으로 달려가서、다시 문패를 잘 들여다보니、분명 '우에하라 지로'라고 적혀 있었으나、집 안은 컴컴했다.

어떻게 할까、하고 잠시 또 주춤거리다가、그러다가、몸을 던지는 심정으로、현관 격자문**에 쓰러지듯 바짝 다가서서、

"실례합니다."

하고 말하고、두 손 손가락 끝으로 격자문을 어루만지며、

"우에하라 씨."

하고 작게 속삭여보았다.

대답은、있었다. 그런데、그게、여자 목소리였다.

현관문이 안에서 열리고、갸름한 얼굴에 고풍스러운 느낌의、나보다 서너 살 연상으로 보이는 여자가、현관 너머 어둠

●기다란 건물을 여러 칸으로 나눈 서민적인 주택으로 부엌이나 욕실이 딸려 있지 않은 단칸방이다. 나가야.
●●현관에 시선 차단과 방범을 위해 격자로 살을 짜 넣은 문.

속에서 언뜻 웃으며、

"누구세요?"

하고 묻는 그 말투에는、아무런 악의도 경계심도 없었다。

"아니、저기……。"

그렇지만 난、내 이름을 대지 못했다。이 사람에게만큼은、내 사랑도、이상하게 떳떳치 못할 것 같다。오들오들 떨면서、비굴함에 가까운 태도로、

"선생님은、안 계신가요?"

"예……。"

하고 대답하고는、딱하다는 듯 내 얼굴을 보며、

"그렇지만、가신 곳은、아마……。"

"먼가요?"

"아뇨。"

하고、우습다는 듯이 한쪽 손을 입에 갖다 대며、

"오기쿠보요。역 앞에、'차돌집'이라는 오뎅 가게에 가보면、
_{시라이시}
아마、어디 가셨는지 알 수 있을 거예요。"

나는 띌 듯이 기쁜 심정으로、

"아、그래요……。"

"어머、신발이……。"

들어오라는 말에 억지로 나는, 현관 안으로 들어가, 현관 쪽마루에 앉아, 사모님에게, 즉석 게다 끈이라고나 할까, 게다 끈이 끊어졌을 때 간편하게 수선할 수 있는 가죽 끈을 받아, 게다를 고치고, 그 사이에 사모님은, 촛불을 켜 현관으로 들고 오면서,

"때마침, 전구가 두 개 다 나가버려서, 요즘 전구는 엄청 비싼데 툭하면 나가서 못쓰겠어요. 남편이 있으면 살 수 있는데, 어저께 밤에도, 그저께 밤에도 안 들어와서, 저는, 오늘로 사흘째, 무일푼이라 일찍 잔답니다."

하고, 진심으로 느긋하게 웃으며 그렇게 말을 한다. 사모님 뒤에는, 열두세 살 먹은 눈이 크고, 아주 낯을 가릴 것 같은 분위기의 홀쭉한 여자아이가 서 있다.

적. 나는 그렇게 생각하지 않지만, 하지만, 이 사모님과 따님은, 틀림없이 언젠가는 나를 적으로 여기고 미워하게 되겠지. 그런 생각을 하니, 내 사랑도, 단숨에 식어버린 기분이 들어, 게다 끈을 갈아 끼우고, 일어나 탁탁 두 손을 맞부딪쳐 먼지를 털어내면서, 초라함이 맹렬히 몸 주위로 밀려오는 느낌을 견디기 힘들어, 방으로 뛰어 들어가 칠흑 같은 어둠 속에서 사모님 손을 붙잡고 울어버릴까 하고, 마음이 부글부글 세

차게 동요했지만、문득、그 후 뻔뻔하고 말도 못하게 볼썽사나

울 내 모습을 생각하니、그것도 싫어서、

"대단히 감사합니다."

하고、지나칠 만큼 정중하게 인사를 하고、밖으로 나와、찬

바람을 맞으며、전투、개시、사랑한다、좋아한다、애가 탄다、

정말로 사랑한다、정말로 좋아한다、정말로 애가 탄다、사랑

하니까 어쩔 수 없다、좋아하니까 어쩔 수 없다、애가 타니까

어쩔 수 없다、그 사모님은 분명 보기 드물게 좋은 분、따님도

예쁘다、그렇지만 나를、하나님의 심판대 위에 세운다 해도、

추호도 양심의 가책은 느끼지 않으리라、인간은、사랑과 혁명

을 위해 태어난 것이다、하나님도 벌하실 리 없다、나는 조금

도 잘못이 없다、정말로 좋아하니까 떳떳하게、그 사람을 한

번 만날 때까지、이틀 밤이든 사흘 밤이든 노숙을 하더라도、

반드시.

역 앞에 있는 '차돌집'이라는 오뎅 가게는、금방 찾았다. 하

지만、그 사람은 없다.

"아사가야°에 있을 거예요、분명. 아사가야 역 북쪽 출구에

서 쭉 가면、보자 그게、한 정°° 반인가? 철물점이 있어요、거

●신주쿠와 기치죠지 중간에 있는 주거 지역.
●●약 109미터.

기서 오른쪽 골목으로 꺾어져서、반 정쯤? '버드나무집'이라
고 요릿집이 있는데、그 양반、요즘엔 야나기야^{야나기야}에서 일하는 오
스테 씨랑 뜨거운 사이라나、거기에 죽치고 있어요、못 말려.″

　역으로 가、표를 사서、도쿄 행 국철을 타고、아사가야에서
내려、북쪽 출구、약 한 정 반、철물점 있는 데서 오른쪽 골목
으로 반 정、버드나무집은、조용했다.

　″지금 막 나가셨는데、여럿이서、이제 니시오기˙에 있는
'물떼새^{지도리}'에 가서 밤새도록 마실 거라고、그러셨어요.″

　나보다 나이가 젊고、차분하고、세련되고、친절해 보이는、
이 여자가、오스테 씨라고 했던가、그 사람하고 뜨거운 사이
라는 그 여자일까?

　″물떼새요? 니시오기쿠보 어디쯤일까요?″

　불안해서、눈물이 나올 것 같았다. 내가 지금、미친 게 아
닐까、문득 생각이 들었다.

　″잘은 모르겠는데、아무튼 니시오기쿠보 역에 내려서、남
쪽 출구、왼쪽으로 돌아가면 있다고 했나? 어쨌든、파출소에
물어보면、알 수 있지 않을까요? 어차피、한 군데로는 간에 기
별도 안 가는 사람이라、물떼새에 가기 전에 또 어디로 샜을지

●니시오기쿠보의 약칭. 오기쿠보 서쪽 일대의 주택가.

모르지만요。"

"물떼새에 가볼게요。고마워요。"

다시、제자리。아사가야에서 다치카와 행 국철을 타고、오기쿠보 지나、니시오기쿠보 역、남쪽 출구로 나와、찬바람 맞으며 헤매다、파출소를 발견하여、물떼새가 어디 있는지 물어보고、그리고、가르쳐준 대로 밤길을 뛰다시피 해서 물떼새의 파란 등롱을 찾아내어、망설임 없이 격자문을 열었다。

봉당•이 있고、거기에 바로 다다미 여섯 장 정도 되는 방이 붙어 있는데、담배 연기 몽몽한 가운데、열 명 남짓한 사람들、방 안에서 커다란 탁자를 에워싸고、왁자지껄 떠들썩한 술판을 벌이고 있었다。나보다 어려 보이는 아가씨 셋도 섞여、담배를 피우고、술을 마시고 있었다。

나는 멀찍이 봉당에 서서、둘러보다가、찾았다。그리고、꿈인가 싶었다。변했다。6년。정말、완전히、딴사람이 되어 있었다。

이 사람이、바로、나의 무지개、M. C.、내 삶의 낙이었던、그 사람일까? 6년。봉두난발은 옛날 그대로건만 불그스름하게 퇴색된 머리숱은 처량히도 듬성해졌고、누렇게 뜬 얼굴、빨

●마루를 놓을 자리에 마루 대신 흙을 다져 만든 바닥.

갛게 짓무른 눈가、앞니는 빠졌고、쉬지 않고 입을 우물우물、마치 늙은 원숭이 한 마리가 등을 둥글게 말고 방 한구석에 앉아 있는 것 같았다.

아가씨 하나가 나를 수상히 쳐다보다가、눈짓으로 우에하라 씨에게 내가 온 것을 알렸다. 그 사람은 자리에 앉은 채 홀쭉한 목을 쑥 빼고 내 쪽을 쳐다보고는、아무 표정 없이、턱으로 들어오라는 신호를 했다. 다른 사람들은、나한테는 아무런 관심도 없는지、와글와글 계속 야단법석이었지만、그래도 조금씩 자리를 좁혀、우에하라 씨 오른쪽 옆에 내 자리를 만들어주었다.

나는 말없이 앉았다. 우에하라 씨는、내 컵에 술을 찰랑찰랑 가득 따라주었고、그리고 자기 컵에도 술을 부어 채우고는、

"건배."

하고 쉰 목소리로 말했다.

두 개의 컵이、힘없이 닿으며、쨍그랑 하고 애처로운 소리가 났다.

기요틴* 、기요틴、슈르슈르슈、하고 누군가 말하면、거기에 응해 또 한 사람이、기요틴、기요틴、슈르슈르슈、하고 뒤를 잇

●단두대. 프랑스의 기요틴이 발명한 처형 기구.

고、쨍그랑 우렁차게 컵을 서로 맞부딪쳐 꿀꺽꿀꺽 술을 마신다。기요틴、기요틴、슈르슈르슈、기요틴、기요틴、슈르슈르슈、하고 여기저기에서、그 엉터리 같은 노랫소리가 나고、거하게 컵을 부딪치며 건배를 하고 있다。이런 얼빠진 리듬으로 흥을 돋워、억지로 술을 목구멍으로 부어넣고 있는 모양이었다。

"그럼、실례。"

하고、비틀거리며 일어나는 사람이 있는가 하면、또、새로운 손님이 어기적어기적 들어와서、우에하라 씨에게 고개만 까딱 인사를 하고、술자리에 끼어든다。

"우에하라 씨、거기요、우에하라 씨、그 부분이요、아아아、하는 부분 말인데요、그건、어떤 식으로 하면 되나요? 아、아、아、인가요? 아아、아、인가요?"

하고 몸을 쑥 들이밀고 물어보는 사람은、틀림없이 나도 무대에서 얼굴을 본 기억이 있는 신극* 배우 후지타。

"아아、아、가 맞지。아아、아、물떼새 술값、싸지는 않아、하고 말하는 식으로。"

하고 우에하라 씨。

"오로지 돈 얘기지。"

●가부키나 노 등 전통극 외에 서구의 영향을 받아 새롭게 등장한 연극.

하고 아가씨。

"참새 두 마리는 1전、그렇다면、그건 비쌀까요? 쌀까요?"

하고 젊은 신사。

"성경에 보면 한 푼이라도 남김없이 다 갚기 전에는˙、이라는 말도 있고、어떤 이에게는 금 다섯 달란트를 주고、어떤 이에게는 두 달란트、어떤 이에게는 한 달란트˙˙、라고 되게 복잡한 말도 있고、예수도 계산은 꽤나 깐깐해。"

하고 다른 신사。

"게다가、그 자식 술꾼이었어。이상하게 성경에 술 이야기가 많다 싶더라니、아니나 달라、보라、술을 즐기는 자여、하고 비난받았다는 얘기가 성경에 기록되어 있지。술을 마시는 자가 아니라、술을 즐기는 자라고 한 걸 보면、상당한 술꾼이었던 게 분명해。아마 주량이 한 됫박은 되겠지?"

하고 또 다른 신사。

"됐어、집어치워。아아、아、그대들은 도덕이 두려워、예수를 우려먹으려 드는구나。지에짱、마시자。기요틴、기요틴、슈르슈르슈。"

하고 우에하라 씨、제일 어리고 예쁜 아가씨와、쩽그랑 세차

●마태복음 5장 26절.
●●마태복음 25장 15절. 주인이 종들에게 돈을 주고 떠났다가 나중에 돌아와 돈을 불린 종을 칭찬하고 그대로 가지고 있던 종을 비난한 이야기. 달란트는 옛 유대의 화폐 단위.

게 컵을 부딪치고、쭈욱 마시는데、술이 입아귀에서 방울방울 떨어져、턱이 젖자、그러거나 말거나 거칠게 손바닥으로 훔치고는、그리고 요란한 재채기를 다섯 번인가 여섯 번인가 연달아 했다。

나는 살며시 일어나、옆방으로 가서、아픈 사람처럼 창백하고 비쩍 마른 여주인이게、화장실이 어디인지 묻고、다시 돌아오는 길에 그 방을 지나가는데、아까 제일 예쁘고 젊은 지에짱인가 하는 그 아가씨가、나를 기다렸다는 듯、서 있다가、

"배、안 고프세요?"

하고 살갑게 웃으며、물었다。

"예、그런데、저、빵을 가져왔어요。"

"차린 건 없지만……。"

하고 아픈 사람 같은 여주인이、나른한 듯 다리를 옆으로 모으고 앉아 기다란 화롯장•에 기댄 채 말한다。

"이 방에서、식사 좀 하세요。저런 술고래들을 상대하고 있으면、밤새도록 아무것도 못 먹어요。앉으세요、여기、지에코 씨도 같이。"

"어이、기누짱、술이 없어。"

•기다란 상자에 흙을 담아 숯을 넣어 불을 피우는 실내용 난방 기구. 탁자로도 쓰이며 서랍이 달려 있다. 히바치.

하고 옆방에서 신사가 소리친다.

"네、네。"

하고 대답하고、그 기누짱이라는 서른 될까 말까 한 세련된 줄무늬 기모노를 입은 여종업원이、술병을 쟁반에 열 개쯤 올려、부엌 쪽에서 나타난다。

"잠깐만。"

하고 여주인은 불러 세우더니、

"여기도 두 병。"

하고 웃으며 말하고、

"그리고、기누짱、미안한데、뒷집 '은방울'에 가서、우동 두 그릇만 빨리 갖다줘。"

나와 지에짱은 화롯장 옆에 나란히 앉아、손을 쬐었다。

"이불 덮어요。추워졌네요。마실래요?"

여주인은、술병에 든 술을 자기 술잔에 따르더니、그리고 다른 술잔 두 개에도 술을 따랐다。

그리고 우리 셋은 말없이 마셨다。

"다들、술이 세시죠?"

하고 여주인、어쩐지、착 가라앉은 말투었다。

드르륵 앞문을 여는 소리가 들리더니、

"선생님, 가져왔습니다."

하는 젊은 남자 목소리,

"아무튼, 저희 사장님도 참, 빈틈이 없으셔서요, 2만 엔이라고 말씀드리고 졸랐는데, 겨우 만 엔입니다."

"수표인가?"

하고 우에하라 씨의 갈라진 목소리.

"아뇨, 현찰인데요, 죄송합니다."

"뭐, 됐어, 영수증을 써야겠군."

기요틴, 기요틴, 슈르슈르슈, 하고 건배의 노래가, 그러는 동안에도 술자리에서 끊이지 않고 이어지고 있다.

"나오 씨는?"

하고, 여주인은 진지한 표정으로 지에짱에게 묻는다. 나는, 덜컥했다.

"몰라요. 내가 나오 씨 감시하는 사람도 아니고."

하고 지에짱은, 당황해서, 얼굴이 붉어졌는데, 귀여웠다.

"요즘, 뭔가 우에하라 씨랑, 안 좋은 일이라도 있었던 거 아냐? 항상, 꼭, 같이 왔었는데."

하고 여주인은, 차분하게 말한다.

"댄스가, 좋아졌대요. 댄서 애인이라도 생겼나 보죠."

"나오 씨도 참、에휴、술에다 또 여자까지、못 말려."

"선생님 가르침인걸요."

"그렇지만、나오 씨가、질이 안 좋긴 하지。그런 퇴물 도련 님은……。"

"저기요."

나는 미소를 지으며 대화에 끼어들었다。잠자코 있으면、오히려 이 두 분께 실례가 될 것 같았다。

"제가、나오지 누나예요."

여주인은 놀란 듯、내 얼굴을 다시 쳐다보았지만、지에짱은 태연하게、

"얼굴이 많이 닮으셨는걸요。저기 봉당 어두운 데 서 계신 걸 보고、저、언뜻 생각했어요。나오 씨 왔나、하고."

"그러셨군요."

하고 여주인은 말투를 바꾸더니、

"이런 누추한 곳까지、용케도 오셨군요。참、그런데、저기、우에하라 씨하고는、전부터 아는 사이?"

"예、6년 전에 만났는데……。"

말문이 막혀、고개를 숙인 채、눈물이 나올 것 같았다。

"오래 기다리셨습니다."

여종업원이、우동을 가지고 왔다。

"드세요、따뜻할 때。"

하고 여주인은 권한다。

"잘 먹겠습니다。"

그릇에서 피어오르는 김에 얼굴을 묻고、후루룩후루룩 우동을 먹으며、나는、지금 비로소 살아 있음의 쓸쓸함、그 극한을 맛보는 기분이었다。

기요틴、기요틴、슈르슈르슈、기요틴、기요틴、슈르슈르슈、하고 나직이 흥얼거리면서、우에하라 씨는 내가 있는 방으로 들어와서、내 옆에 털썩 책상다리를 틀고 앉아、말없이 여주인에게 커다란 봉투를 건넸다。

"이것만 주고、나머지는 대충 넘어갈 생각 마시우。"

여주인은 웃으며、봉투 안을 들여다보지도 않고、그걸 화롯장 서랍에 집어넣으며 말한다。

"가져 온다구우。다음 지불은、내년이야。"

"저걸 말이라고……。"

만 엔。그 돈이면、전구를 몇 개나 살 수 있을까? 나도、그 돈이면、1년을 편히 살 수 있다。

아아、뭔가 이 사람들은、잘못됐다。그러나、이들도、내 사

랑과 마찬가지로、이렇게라도 하지 않으면、살 수 없을지 모른
다。사람이 세상에 태어난 이상、어떻게든 끝까지 살아내야
만 하는 존재라면、이 사람들이 끝까지 살아남기 위한 모습
역시、증오해서는 안 되겠지。산다는 것。살아 있다는 것。아
아、이 얼마나、숨 멎도록 버거운 대과업이란 말인가。

"아무튼 말이야。"

하고 옆방 신사가 말한다。

"앞으로 도쿄에서 살려면 말이야、어섭셔어、이 정도 경박
하기 짝이 없는 인사는 눈 깜짝 안 하고 할 수 있어야지、안
그러면、도저히 못 살아。지금 우리한테、중후하니、성실함이
니、그런 미덕을 요구하는 건、목 맨 사람 다리 잡아당기는 격
이야。중후? 성실? 카악、퉷이다。살 수가 없잖아。만약에 말
이야、어섭셔어 하고 홀가분하게 말 못하겠거든、남은 건、세
가지 방법 밖에 없어、하나는 귀농、또 하나는 자살、마지막
하나는 기둥서방。"

"그중에 하나도 못 하는 불쌍한 녀석한테는、그나마 최후이
자 유일한 수단。"

하고 말하자 다른 신사가、

"우에하라 지로한테 들러붙어、퍼마시기。"

기요틴、기요틴、슈르슈르슈、기요틴、기요틴、슈르슈르슈。

"잘 데、없지?"

하고 우에하라 씨는、혼잣말처럼 중얼중얼 말한다。

"저요?"

내 안에서 대가리를 쳐드는 뱀을 의식했다。적개심。그에 가까운 감정으로、나는 스스로 몸을 굳혔다。

"남자 여자 섞여서 잘 수 있겠나? 추울 텐데。"

우에하라 씨는、내 노여움엔 아랑곳없이 투덜댄다。

"그건 안 되지。"

하고 여주인은、말을 보탠다。

"딱해라。"

쳇、하고 우에하라 씨는 혀를 차며、

"그럼、이런 데 오지를 말았어야지。"

나는 입을 다물고 있었다。이 사람은、분명、내가 쓴 그 편지를 읽었다。그리고、누구보다도 나를 사랑하고 있다、는 것을、나는 그 사람이 말하는 뉘앙스로、즉시 알아차렸다。

"어쩔 수 없구만。후쿠이 씨 집에、부탁해볼까? 지에짱、데려다줄래? 아니、여자끼리는、밤길이 위험한가? 귀찮구만。아줌마、이 여자 신발 좀、몰래 부엌 쪽으로 가져다주쇼。내가 바래다주고 올 테니까."

밖은 깊은 밤의 기운이 가득했다. 바람은 어느 정도 잦아들고, 하늘 가득 별이 빛났다. 우리는, 나란히 걸으며,

"저, 혼숙이든 뭐든, 할 수 있는데."

우에하라 씨는, 졸린 목소리로,

"응."

하고만 말했다.

"단둘이만, 있고 싶었지요? 그렇지요?"

내가 그렇게 말하고 웃자, 우에하라 씨는,

"이래서, 싫다니까."

하고 입을 삐죽이면서, 마지못해 웃었다. 나는 내가 많이 사랑받고 있다는 걸, 몸에 사무치도록 느꼈다.

"무척, 술을 많이 드시네요. 매일 밤 그런가요?"

"그래, 매일. 아침부터."

"맛있어요? 술이?"

"맛없지."

그렇게 말하는 우에하라 씨 목소리에, 나는 왠지 오싹했다.

"일은요?"

"글렀어. 뭘 써도, 시시해서, 그리고, 그냥 뭐, 울적해서 못

살겠어. 목숨의 황혼. 예술의 황혼. 인류의 황혼. 그런 말도、밥맛없네."

"위트릴로•."

나는、거의 무의식적으로 그렇게 말했다.

"아아、위트릴로. 아직 살아 있는 거 같던데. 알코올의 망자. 송장이지. 요 10년 동안 그 자식 그림은、이상하게 세속적이라、전부 못쓰겠더군."

"위트릴로만 그런 건 아니잖아요? 다른 거장들도 다……."

"그래. 쇠약해졌지. 하지만、새로운 싹들도、싹인 채로 시들고 있어. 서리. 프로스트. 전 세계에 때 아닌 서리가 내린 것 같아."

우에하라 씨가 내 어깨를 가볍게 안자、내 몸은 우에하라 씨의 니쥬마와시 망토에 파묻힌 꼴이 되었지만、나는 거부하지 않고、오히려 바싹 달라붙어서 천천히 걸었다.

길가의 가로수 나뭇가지、잎이 한 장도 붙어 있지 않은 나뭇가지、가늘게 날카롭게 밤하늘을 찌르고 있고、

"나뭇가지란、아름답군요."

하고 무심코 혼잣말하듯 중얼거렸더니、

●프랑스의 인상주의 화가.

"응, 꽃과 새카만 가지의 조화가."

하고 그 사람은 조금 허둥대며 말했다.

"아뇨, 저, 꽃도 잎도 싹도 없는, 아무것도 없는, 저런 가지가 좋아요. 저래 봬도, 분명히 살아 있을 거예요. 마른 나뭇가지하고는 달라요."

"자연은, 쇠하지 않는다는 건가?"

그렇게 말하고, 또 요란하게 재채기를 몇 번이나 몇 번이나 연달아 했다.

"감기 걸린 거 아녜요?"

"아니, 아니, 그게 아니라. 실은, 이건 내 이상한 버릇이라서. 술기운이 포화점에 달하면, 바로 이런 식으로 재채기가 나와. 취기의 바로미터 같은 거야."

"연애는요?"

"응?"

"누구 있어요? 포화점까지 진행된 사람."

"뭐야, 놀리지 말라구. 여자는, 다 똑같아. 까탈스러워서 안 돼. 기요틴, 기요틴, 슈르슈르슈, 실은, 한 사람, 아니, 반 사람쯤 있어."

"제 편지, 보셨나요?"

"봤지."

"답장은요?"

"난 귀족은, 싫어. 아무래도, 어딘가, 오만한 구석이 있어서 역겨워. 당신 동생 나오지도, 귀족치곤, 썩 괜찮은 녀석인데, 가끔, 문득, 도저히 상대해줄 수 없는 시건방을 떨어. 나는 시골 농사꾼 자식이라서 말이야, 이런, 개울 옆을 지날 때면 꼭, 어렸을 적에, 고향 개울가에서 붕어 낚시 하던 일이나, 송사리 잡던 일이 떠오르게 마련이거든."

시커먼 어둠 속에서 희미한 소리를 내며 흐르는, 개울을 따라 난 길을 우리는 걷고 있었다.

"하지만, 당신네 귀족들은, 우리들의 그런 감상을 절대로 이해 못 할 뿐더러, 경멸하잖아."

"투르게네프•는요?"

"그 녀석은 귀족이라구. 그래서 싫어."

"그래도, 『사냥꾼 일기••』는……."

"음, 건, 좀 괜찮지."

"그건, 농촌 생활의 감상을……."

"그 자식은 시골 귀족, 정도에서 타협할까?"

●러시아의 작가.
●●트루게네프가 사냥을 다니면서 만난 농노들의 비참하지만 순박하고 지혜로운 삶을 서정적이면서도 위트 있게 묘사한 작품.

"저도 지금은 시골 사람이에요。 밭농사를 짓고 있어요。 시골 가난뱅이。"

"아직도、나 좋아하나?"

난폭한 말투였다。

"내 아이 가지고 싶나?"

나는 대답하지 않았다。

바위가 떨어지는 기세로 그 사람 얼굴이 다가와서、다짜고짜 나에게 키스했다。 욕정의 냄새가 물씬 나는 키스였다。 나는 받아들이며、눈물을 흘렸다。 굴욕스러워서、분해서 흘리는 눈물、그것과 닮은 쓴 눈물이었다。 눈물은 얼마든지 눈에서 넘쳐 나와、흘러내렸다。

다시、둘이 나란히 걸으면서、

"망했구만。 반해버렸어。"

하고 그 사람은 웃으며、말했다。

하지만、나는 웃을 수가 없었다。 눈살을 찌푸리고、입을 오므렸다。

어쩔 수가 없다。

말로 표현하자면、그런 느낌이었다。 나는 게다를 질질 끌며 볼썽사납게 걷고 있는 자신을 깨달았다。

"망했어."

하고 그 사람이 또 말했다.

"갈 데까지 가볼까?"

"밥맛없어요."

"이 녀석."

우에하라 씨는 내 어깨를 툭 하고 주먹으로 치고、다시 요란하게 재채기를 했다.

후쿠이 씨랬나 하는 분 댁에 왔는데、가족들은 모두 이미 잠자리에 든 것 같았다.

"전보요、전보。후쿠이 씨、전보 왔습다。"

하고 큰 소리로 말하며、우에하라 씨는 현관문을 두드렸다.

"우에하라냐?"

하고 집 안에서 남자 목소리가 들렸다.

"그렇소。프린스와 프린세스가 하룻밤 묵을 곳을 청하러 왔소만。아이쿠 이렇게 추워서야、재채기만 나와서、모처럼 벌인 사랑의 도피도 코미디가 될 판이야。"

현관문이 안쪽에서 열렸다. 족히、쉰은 넘어 보이는、머리가 벗겨진 작달막한 아저씨가、화려한 파자마 차림으로、야릇하게、수줍은 미소를 지으며 우리를 맞이했다.

"부탁해."

하고 우에하라 씨는 한 마디 던지고, 망토를 걸친 채, 냉큼 집 안으로 들어가서,

"아틀리에는, 추워서 안 되겠고. 2층을 쓸게, 들어와."

내 손을 잡고, 복도를 지나 막다른 곳의 계단을 올라, 어두운 방으로 들어가서, 구석에 있는 스위치를 탁 하고 올렸다.

"요릿집 방 같아요."

"응, 졸부 취향이지. 하지만, 저런 엉터리 화가한테는 아까워. 악운이 강해서 폭탄도, 피해 간다니까. 이용하지 않을 수가 없지. 자, 자자, 자."

자기 집처럼, 멋대로 벽장을 열어 이불을 꺼내 깔면서,

"여기서 자. 난 간다. 내일 아침에 데리러 올 테니까. 변소는, 계단 내려가서, 바로 오른쪽이야."

하고는 우당탕쿵탕 하며 계단에서 굴러 떨어지는지 요란스럽게 아래로 내려가더니, 그 후, 쥐 죽은 듯 조용해졌다.

나는 다시 스위치를 내려, 전등을 끄고, 아버지가 외국에서 사 오신 벨벳으로 만든 코트를 벗어, 오비만 풀고 기모노를 입은 채 이불 속으로 들어갔다. 피곤한 데다, 술을 마신 탓인지, 몸이 나른하여, 금세 선잠이 들었다.

어느 틈엔가, 그 사람이 내 옆에 누워 있었고, ……나는 한 시간 가까이, 필사적으로 무언의 저항을 했다.

그러다 문득, 가여운 생각이 들어, 포기했다.

"이렇게 하지 않으면, 안심할 수가 없는 거지요?"

"뭐, 그런 셈이지."

"당신, 몸이 상하신 거 아닌가요? 각혈하셨지요?"

"어떻게 알았어? 실은 요전에, 꽤 심하게 했는데, 아무한테도 말 안 했어."

"어머니가 돌아가시기 전하고, 똑같은 냄새가 나서요."

"죽을 생각으로 술을 마셔. 살아 있는 것이, 슬퍼서 견딜 수가 없어. 외롭다느니 쓸쓸하다느니, 그런 여유로운 감정이 아니라, 슬픈 거야. 음침한, 참담한 탄식이 사방 벽에서 들려올 때, 나만의 행복? 그런 게 있을 리가 없잖아. 행복도 영광도, 나 살아 있는 동안에는 결코 없을 거라고 깨달았을 때, 사람은, 어떤 기분이 들까? 노력. 그런 건, 그저, 굶주린 야수의 먹잇감이 될 뿐이야. 비참한 사람이 너무 많아. 듣기 언짢은가?"

"아뇨."

"사랑뿐이네. 당신이 편지로 했던 말마따나."

"그래요."

내 사랑은、사라졌다。

날이 밝았다。

방이 희붐해지고、나는、옆에 누워 있는 그 사람 자는 얼굴을 지그시 바라보았다。 곧 죽을 사람 같은 얼굴을 하고 있었다。지칠 대로 지친 얼굴이었다。

희생자의 얼굴。고귀한 희생자。

내 사람。나의 무지개。마이、차일드。얄미운 사람。너무한 사람。

이 세상에 다시없을 만큼、너무나、너무나 아름다운 얼굴이란 생각에、사랑이 새로이 되살아난 듯 가슴이 두근두근、그 사람 머리칼을 어루만지며、내가 먼저 키스했다。

슬프고、슬픈 사랑의 성취。

우에하리 씨는、눈은 감은 채 나를 안고、

"꼬여 있었던 거야。난 농사꾼 자식이니까。"

이제 이 사람을 떠나지 않으리。

"나、지금 행복해요。사방 벽에서 탄식하는 소리가 들려도、지금 내 행복감은、포화점이에요。재채기가 나올 정도로 행복해요。"

우에하라 씨는、후후、하고 웃고는、

"그런데、이미、늦었어。황혼이야。"

"아침이에요。"

내 동생 나오지는、그 아침에 자살했다。

7

나오지의 유서。

누나。

안되겠어。먼저 갈게。

난 내가 왜 살아 있어야 하는지、그 이유를 도무지 모르겠
습니다。

살고 싶은 사람은、살아야지。

인간에게는 살 권리가 있는 것과 마찬가지로、죽을 권리도
있습니다。

이런 나의 사고방식은、전혀 새롭고 자시고 할 것도 없는、

당연한、그야말로 프리미티브한 것인데、사람들은 이상하게
두려워하며、드러내놓고 입 밖에 내지 않을 뿐입니다。

　살고 싶은 사람은、무슨 짓을 해서라도、반드시 굳세게 끝까
지 살아내야만 하고、그것은 훌륭한 일이니、인간의 영예로운
왕관이라는 것도、분명 그런 점에 있겠지만、하지만、죽는 것
도、죄는 아니라고 생각합니다。

　나는、나라는 풀은、이 세상 공기와 햇빛 속에서、살 수 없
습니다。살아가는 데 있어、무언가 하나 결여되어 있습니다。
모자랍니다。지금까지、살아온 것도、그나마、최선을 다한 겁
니다。

　나는 고등학교에 들어가서、내가 자라온 계급과 전혀 다른
계급에서 자라난 억세고 꿋꿋한 잡초 같은 친구들과、처음 어
울리며、그 기세에 눌려、지지 않으려고、마약을 하고、거의
미친 상태로 저항했습니다。그리고 군인이 되어、역시 거기에
서도、살기 위한 마지막 수단으로 아편을 했습니다。누나는
이런 내 심성 모를 거야。

　나는 천박해지고 싶었어。강해지고、아니、우악스러워지고
싶었어。그리고、그것이、이른바 민중의 벗이 될 수 있는 유일
한 길이라고 생각했습니다。술 정도로는、전혀 어림도 없었습

니다。 항상、 어찔어찔 현기증이 나야만 했습니다。 그러기 위해서는、 마약 말고는 없었습니다。 나는、 집을 잊어야 한다。 아버지의 피에 반항해야 한다。 어머니의 상냥함을、 거부해야 한다。 누나에게 차갑게 대해야 한다。 그렇게 하지 않으면 민중의 방으로 들어가는 입장권을 얻을 수 없다고 생각했습니다。

　나는 천박해졌습니다。 천박한 말을 배웠습니다。 그렇지만、 그 절반은、 아니、 60퍼센트는、 가련한 벼락치기였습니다。 서투른 잔재주였습니다。 민중들에게、 나는 여전히、 시건방지고 별나게 새침을 떠는 거북한 놈이었습니다。 그들은 나와、 진심을 터놓고 허물없이 어울려주지는 않더군요。 하지만、 다시、 이제 와서 등 돌린 살롱*으로 돌아갈 수도 없습니다。 이제 나의 천박함은、 설령 60퍼센트는 인공의 벼락치기라 해도、 그래도、 나머지 40퍼센트는、 진짜로 천박해진 겁니다。 나는、 그、 흔히 말하는 상류 살롱의 역겨운 고상함에는、 토악질이 나올 것 같아、 잠시도 참을 수가 없고、 또 그 훌륭하신 분들이라든가、 높으신 분들이라고 하는 사람들도、 내 불손한 행동거지에 질려 즉시 내쫓겠지요。 등 돌린 세계로 돌아갈 수도 없어、 민중들에게、 악의로 가득 찬 더럽게 정중한 방청석을 하나 받았을 뿐입

●프랑스어로 응접실. 17세기~19세기 프랑스 상류층에서 유행한 사교 모임.

니다.

어떤 시대든、나 같은、말하자면 생명력 약하고、결함 있는 풀은、사상이고 개똥이고 없이 그저 스스로 소멸하는 게 운명의 전부일지도 모르지만、하지만、나도、조금은 할 말이 있습니다。도저히 살 수 없는、이유가 내게 있음을 느낍니다。

인간은、모두、똑같다。

이건、과연、사상일까요? 나는 이 이상한 말을 발명한 사람은、종교인도、철학자도 예술가도 아닐 거라고 생각합니다。민중들의 술집에서 솟아난 말입니다。구더기가 끓듯、언제、누가 꺼낸 말이랄 것도 없이、드글드글 피어올라、전 세계를 뒤덮고、세상을 거북하게 만들어버렸습니다。

이 이상한 말은 민주주의와도、또 마르크시즘과도、전혀 관계가 없습니다。그것은、틀림없이、술집에서 추남이 미남에게 던진 말입니다。그냥、조바심입니다。질투심입니다。사상도 무엇도、아닙니다。

그렇지만、술집에서 질투심에 성난 목소리가、너무나 사상과 닮은 표정을 지으며 민중 사이를 행진하다가、민주주의와도 마르크시즘과도 전혀、관계없는 말일 테지만、어느 틈엔가、그 정치사상 또는 경제사상과 뒤얽혀、묘하게 비열해진 겁니다. 메피스토[•]라도、그런 터무니없는 헛소리를、사상으로 바꿔치기하는 짓은、과연 양심에 찔려서、주저했을지 모릅니다.

인간은、모두、똑같다.

이 무슨 비굴한 말인가. 다른 사람을 업신여기는 동시에、스스로를 업신여기고、아무런 프라이드도 없이、모든 노력을 포기하게 만드는 말。마르크시즘은、일하는 자의 우위를 주장하지、똑같다、그런 말은 하지 않아. 민주주의는、개인의 존엄을 주장하지、똑같다、그런 말은 하지 않아. 오직、사창가 호객꾼들만 그런 말을 해."헤헤、아무리 점잖은 척해도、똑같은 사람 아니더냐!"

왜、똑같다고 하는 걸까. 뛰어나다、고 할 수는 없는 걸까. 노예 근성의 복수.

하지만、이 말은、참으로 외설스럽고、불쾌해서、사람들은 서로 두려워하고、모든 사상을 능욕하고、노력을 비웃고、행복을 부정하고、미모를 더럽히고、영광을 끌어 내리는、이른바 '세기의 불안'은 이 이상한 말 한마디에서 생겨났다고 나는 생각합니다.

기분 나쁜 말이라고 생각하면서도、나 역시 이 말에 협박당

●괴테의 『파우스트』에 등장하는 악마 메피스토펠레스의 약칭.

해, 두려워 떨고, 뭘 하려 해도 부끄럽고, 끊임없이 불안하고, 가슴이 두근거려 몸 둘 바를 몰라, 차라리 술이나 마약의 현기증에 의지하여, 찰나의 안정을 얻고 싶어서, 그래서, 만신창이가 되었습니다.

약한 거지요. 어딘가 한 군데 중대한 결함이 있는 풀인 거지요. 또, 뭐라 그럴싸한 변명을 늘어놓는다 해도, 무슨 소리, 원래 노는 걸 좋아하잖아, 게으르고, 여자 밝히고, 염치없는 망나니잖아, 하고 그 사창가 호객꾼이 코웃음을 치며 말할지도 모릅니다. 그리고 나는 그런 말을 들어도, 지금까지는, 그저 부끄러워서, 애매하게 고개를 끄덕였습니다만, 하지만, 나도 죽음을 앞두고, 한마디, 항의 같은 말을 해두고 싶어.

누나.

믿어주세요.

나는, 놀면서도 전혀 즐겁지 않았습니다. 쾌락의 임포텐츠^{불능}인지도 모르지요. 난 그저, 귀족이라는 내 그림자로부터 벗어나고 싶어서, 미치고, 유흥에 빠지고, 피폐해졌습니다.

누나.

도대체, 우리한테 무슨 죄가 있나요? 귀족으로 태어난 게, 우리 죄인가요? 단지, 그 집에서 태어났다는 이유만으로, 우리는、영원히、예를 들면 유다의 가족들처럼、죄스럽게、사죄하며、수치스럽게 살아야 해。

내가、더 일찍 죽었어야 했는데。하지만、딱 하나、엄마의 애정。그 생각을 하니、죽을 수가 없었어。사람에게는、자유롭게 살 권리가 있는 동시에、언제든 마음대로 죽을 권리도 있지만、하지만、'엄마'가 살아 있는 동안에는、그 죽을 권리를 뒤로 미뤄야 한다고 나는 생각했어。내 죽음은 동시에、'엄마'까지 죽이는 셈이 되니까。

이제 지금은、내가 죽어도、몸이 상할 만큼 슬퍼할 사람도 없고、아니、누나、난 알아요、나를 잃은 당신들의 슬픔이 어느 정도일지、아니、허식적인 감상은 관두지요、당신들은、내가 죽었음을 알고는、분명 울겠지만、하지만、내 살아 있는 괴로움과、그리고 그 지긋지긋한 삶에서 완전히 해방되는 내 기쁨을 견주어본다면、당신들의 그 슬픔은、점차로 사라지리라 믿습니다。

내 자살을 비난하고、끝까지 살아남았어야지、나에게 아무런 도움도 주지 않고 입에 발린 말만 하며、의기양양한 얼굴로 비판하는 사람은、폐하께 과일 가게나 해보라고 아무렇지 않게 권유할 수 있을 만큼 대단한 위인임에 틀림없습니다。

누나。

나는、죽는 게 나아요。나에게는、그、생활 능력이라는 게 없습니다。돈 문제로、다른 사람과 다툴 힘이 없습니다。나는、남한테 얻어먹는 것조차 못 합니다。우에하라 씨와 놀아도、내 술값은、항상 내가 냈습니다。우에하라 씨는、그걸 귀족의 쩨쩨한 프라이드라며、아주 질색을 했지만、하지만、나는、프라이드 때문에 돈을 내는 게 아니라、우에하라 씨가 일을 해서 번 돈으로、내가 허투루 먹고 마시고、여자를 안는 게、두려워서、도저히 그럴 수가 없었던 겁니다。우에하라 씨가 하는 일을 존경하기 때문에、라고 딱 잘라 말한다 해도、그건 거짓말이고、나도 사실은、확실히는 모릅니다。단지、다른 사람한테 얻어먹는 것이、왠지 무섭습니다。특히、그 사람이 자기 팔뚝 하나로 번 돈에、들러붙는 건、괴로워서、미안해서、견딜 수가 없습니다。

그래서 그냥、우리 집에서 돈이나 물건을 들고 나와、엄마와 누나를 슬프게 했지만、나 역시、조금도 즐겁지 않았고、출판업 같은 걸 기획했던 것도、단지、수치심을 숨기려는 구실、사실은 전혀 진심이 아니었습니다。진심으로 해본들、남한테 얻어먹지도 못하는 놈이、돈벌이라니、도저히 절대로 못 한다는 건、아무리 내가 멍청해도、그 정도는 알아요。

누나。

우리는、가난해지고 말았습니다。살아 있는 동안은、남에게 베풀고 싶었는데、이제、다른 사람한테 신세 지지 않고는 살아갈 수 없게 되었습니다。

누나。

그런데도、나는、왜 살아야 하는 걸까? 이제 안 되겠어。나는、죽습니다。편안하게 죽는 약이 있어요。군대에 있을 때、구해두었습니다。

누나는 아름답고 (나는 아름다운 엄마와 누나가 자랑스러웠습니다。) 그리고 현명하니、누나에 대해서는、아무런 걱정도 하지 않습니다。걱정할 자격조차 내겐 없습니다。도둑이 피해자 형편을 걱정하는 꼴이라、얼굴이 화끈거릴 따름입니다。틀림없이 누나는、결혼해서、아이를 낳고、남편에게 의지하며 끝까지 살아가지 않을까 하고 나는、생각합니다。

누나。

나、하나、비밀이 있습니다。

오랫동안、숨기고 숨기면서、전쟁터에서도、그 사람을 그리워하다、그 사람 꿈을 꾸고、깨어나서、울먹였던 게 몇 번인지 모릅니다.

그 사람 이름은、절대로、누구에게도、입이 썩어도 말 못합니다。난、이제 죽으니까、하다못해、누나에게만이라도、확실히 말해둘까、생각도 했는데、역시、아무래도 무서워서、그 사람 이름은 말 못 하겠습니다。

하지만、난、그 비밀을、절대 비밀로 남겨둔 채、끝내 이 세상 누구에게도 털어놓지 않고、가슴 깊이 간직하고 죽는다면、내 몸을 화장해도、가슴만은 타지 않고 비릿한 재가 되어 남을 것 같아서、불안해 견딜 수가 없어서、누나에게만、에둘러、어렴풋이、픽션처럼 꾸며서 가르쳐줄게요。픽션、이라고 해도、그래도、누나는、분명 곧바로 그 상대방이 누구인지、알아챌 겁니다。픽션이라기보다는、그냥、가명을 쓰는 정도의 속임수니까。

누나는、알까?

누나는 그 사람을 알 테지만、하지만、아마도、만난 적은 없을 거예요。그 사람은、누나보다、조금 연상입니다。홑눈꺼풀、눈꼬리는 치켜 올라갔고、머리도 파마 같은 걸 한 적이 없어서、바짝 뒤로 당겨 묶은 머리、라고 하나? 그런 수수한 머리에다가、그리고、옷차림은 아주 옹색하지만、그래도 지저분해

보이지는 않고、항상 단정하게 차려입어 청결합니다。그 사람
은、패전 후에 새로운 터치의 그림을 연달아 발표하면서 갑자
기 유명해진 어느 중년 서양화가의 부인인데、그 서양화가는
행실이、아주 난폭하고 거친 사람이지만、부인은 아무렇지도
않은 척하며、늘 상냥하게 미소를 지으며 살고 있습니다。

　나는 일어나면서、

　"그럼、이만 가보겠습니다。"

　그 사람도 일어서더니、아무런 경계심도 없이、내 옆으로
다가와、내 얼굴을 올려다보며、

　"왜요?"

　하고 차분한 목소리로 묻고는、정말로 궁금하다는 듯 살짝
고개를 갸웃거리며、잠깐 내 눈을 지그시 바라보았습니다。그
렇게、그 사람 눈에는、아무런 사심도 허식도 없었고、난 여
자와 시선이 마주치면 허둥지둥 눈을 피해버리는 성격이지만、
그때만큼은、조금도 수줍어하지 않고、우리 둘 얼굴이 한 뼘
남짓 떨어진 채、60초 아니 더 오랫동안 너무나 기분 좋게、그
사람 눈동자를 들여다보다가、그러다가 나도 모르게 미소를
지으며、

　"하지만……。"

"금방 오실 거예요."

하고, 정말, 진지한 표정으로 말합니다.

정직함, 이란, 이런 표정을 말하는 게 아닐까, 하고 문득 생각했습니다. 정직은 도덕 교과서에 나올 법한, 엄숙한 덕목이 아니라, 정직이라는 말로 표현된 본래의 덕은, 이런 사랑스러움이 아닐까, 생각했습니다.

"다음에 오겠습니다."

"그래요."

처음부터 끝까지, 전부 다 별것도 아닌 대화입니다. 어느 여름날 오후, 그 서양화가의 아파트를 방문했는데, 서양화가는 부재중, 하지만 곧 들어올 테니, 안에서 기다릴래요? 하는 부인의 말에 따라, 방으로 들어가서, 30분쯤 잡지 같은 걸 뒤적거리다가, 올 기미도 안 보이고 해서, 자리에서 일어나, 갔다, 그게 전부지만, 나는, 그날 그때, 그 사람 눈동자에, 고통스러운 사랑을 품고 말았습니다.

고귀하다, 라고 하면 될는지. 내가 아는 귀족 중에서, 엄마 말고, 그렇게 경계심 없이 '정직'한 눈빛을 낼 수 있는 사람은, 하나도 없었다고 단언할 수 있습니다.

그 후 나는, 어느 겨울 저녁, 그 사람 옆얼굴에 감동한 적이

있습니다. 역시나、그 서양화가 아파트에서、서양화가한테 억
지로 붙들려、고타쓰*에 들어가 아침부터 술을 마시며、그와
함께、일본의 예술가들이라 하는 자들을 똥이네 된장이네 헐
뜯고 해대며 자지러지게 웃다가、이윽고 서양화가가 쓰러져 크
게 코를 골았고、나도 누워 쪽잠을 자는데、확 하고 누가 담요
를 덮어주기에、샛눈을 뜨고 보았더니、도쿄의 겨울 저녁 하
늘은 물빛으로 투명했고、그 사람은 딸아이를 안고 아파트 창
가에、아무 일 없다는 듯 앉아、그 단아한 옆얼굴이、물색 아
득한 저녁 하늘을 배경으로、그 옛날 르네상스 시대의 옆얼굴
초상화처럼 또렷하게 윤곽이 분리되어 떠오르는데、나에게 가
만히 담요를 덮어준 친절、그것은 절대 교태도 아니고、성욕도
아닌、아아、휴머니티라는 말은 이럴 때 쓰이면서 소생하는
게 아닐까、인간으로서 당연히 가진 소박한 배려심에서、거의
무의식적으로 나온 행동일까、꼭 그림 같이 차분한 분위기로、
먼 곳을 바라보고 있었습니다.

　나는 눈을 감았고、사랑스러워서、애가 타서 미칠 것만 같
아、감은 눈으로 눈물을 흘리며、담요를 머리까지 뒤집어썼습
니다.

●탁자 밑에 화로를 넣고 이불을 뒤집어씌운 일본의 전통 난방 기구.

누나。

내가 그 서양화가 집에 놀러간 건、그건、처음엔 그 서양화가의 작품이 가진 특이한 터치와、그 마음속에 감추어진 광적인 패션^{격정}에、취했던 탓이었지만、하지만、사이가 가까워질수록、그 화가의 무식하고、무모하고、무절제한 짓거리에 정나미 떨어졌고、그리고、그와 반비례하여、그 부인이 가진 심성의 아름다움에 끌려서、아니、반듯한 애정을 가진 사람이 그리워서、간절해서、부인 모습을 한 번 보고 싶어서、그 서양화가 집에 놀러가게 된 겁니다。

그 서양화가의 작품에、조금이라도、예술의 고귀한 향기、라고 할 만한 것이 배어 있다면、그건、부인의 착한 마음씨가 반영된 게 아닐까、이제야 나는 그런 생각이 듭니다。

그 서양화가는、지금 와서、느낀 그대로 분명히 말하지만、그저 술고래에 놀기 좋아하는、교묘한 장사꾼입니다。유흥비가 필요해서、그저 엉터리로 캔버스에 물감을 처발라놓고、유행에 편승하여、으스대면서 비싸게 파는 겁니다。그 사람이 가진 것이라곤、촌놈의 뻔뻔함、어처구니없는 자신감、약아빠진 상술、그게 전부입니다。

아마 그 사람은、다른 화가 그림에 대해서는、외국 화가 그림이든 일본 화가 그림이든、아는 게 전혀 없겠지요。게다가 자기가 그린 그림도、무슨 그림인지 모를 겁니다。오로지 유흥을 위한 돈이 필요해서、무아지경으로 물감을 캔버스에 칠하고 있을 뿐입니다。

그리고、더욱 놀라운 건、그 사람은 자기가 그런 엉터리라는 사실에、아무런 의심도、수치도、공포도、느끼지 않은 것 같습니다。

정말이지 그냥、우쭐거리기만 할 뿐입니다。어차피、자기가 그려놓고도 자기가 이해하지 못하는 사람이니、타인의 작품이 가진 장점 따위 이해할 턱이 없고、아니 정말、헐뜯고、또 헐뜯습니다。

다시 말해、그 사람의 데카당한 생활은、입으로는 힘들다고 궁시렁궁시렁 말은 하지만、사실은、어리석은 촌놈이、일찍이 동경하던 도시로 나와、스스로 생각해도 의외일 만큼 성공을 거두고 기고만장해서 흥청거리고 있을 뿐입니다。

언젠가 내가、

"친구들이 모두 게으름을 피우며 노는데、나 혼자만 공부하기가、부끄러워서、무서워서、도저히 견딜 수가 없어、전혀 놀고 싶은 마음은 없지만、나도 같이 어울려 놉니다。"

하고 말하니, 그 중년 서양화가는,

"헤에? 그게 귀족 기질이라는 건가? 징그럽구만. 난, 남이 놀 때, 나도 놀지 않으면, 손해, 라는 생각이 들어서 거나하게 노는데."

하고 대답하고는 시치미를 뚝 떼는데, 나는 그때, 그 서양화가를, 진심으로 경멸했습니다. 이 사람의 방탕함에는 고뇌가 없다. 오히려, 망나니 놀음을 자랑으로 여기고 있다. 진정한 바보 쾌락아.

그렇지만, 그 서양화가 험담을, 더 이상 이러쿵저러쿵 늘어놓아도, 누나하고는 관계가 없는 일이고, 또 나도 지금 죽음을 앞두고, 역시나, 그 사람과의 오랜 교제를 되돌아보니, 그립고, 한 번 더 만나서 놀고 싶은 충동이 들기까지 하는데, 미워하는 마음 조금도 없고, 그 사람도 외로움을 많이 타는 사람, 좋은 점이 아주 많은 사람, 이제 아무 말 않겠습니다.

다만, 난 누나가, 내가 그 사람의 부인을 연모하여, 애가 타고, 괴로웠다는 것만 알아주었으면 합니다. 그러니, 누나는 그걸 알게 되어도, 다른, 누군가에게 말하여, 동생이 생전에 품었던 사랑을 이루어준다든가 하는, 그런 쓸데없는 참견은 할 필요가 절대로 없으니, 누나 혼자만 알고, 그리고, 가만히,

아아, 그렇구나, 하고 생각해주면 그걸로 됩니다. 그리고 또 욕심을 부리자면, 이런 내 부끄러운 고백을 듣고, 하다못해 누나만이라도, 내가 지금까지 괴로워했음을, 더 깊이 알아준다면, 너무나 나는, 기쁘겠습니다.

언젠가, 부인과, 손을 맞잡는 꿈을 꾸었습니다. 그리고 부인, 역시 전부터 나를 좋아했다는 사실을 깨닫고, 꿈에서 깨었지만, 내 손바닥에 남은 부인 손가락의 온기, 나는 정말, 그것만으로도 만족하고, 포기해야 할까 생각했습니다. 도덕이 두려워서가 아니라, 나는 그 반미치광이, 아니, 거의 정신 이상자라 해도 좋을 그 서양화가가, 무서워서 견딜 수가 없었습니다. 포기하자 생각하고, 가슴에 타오르는 불길을 다른 쪽으로 돌리려, 닥치는 대로, 그 대단한 서양화가조차 어느 날 밤 인상을 썼을 만큼 지독하게, 난잡하게 여러 여자와 미친 듯이 놀았습니다. 어떻게든 해서, 부인의 환상에서 벗어나, 잊고, 아무런 감정도 남지 않도록 만들고 싶었습니다. 그렇지만, 실패. 나는, 결국, 한 여자밖에, 사랑할 수 없는 놈입니다. 나는 분명히 말할 수 있습니다. 나는, 부인 말고 다른 여자 친구들을, 한 번이라도, 아름답다든가, 사랑스럽다고 느낀 적이 없습니다.

누나。

죽기 전에、딱 한 번만 불러볼게요。

……스가짱。

그 부인의 이름입니다。

내가 어제、전혀 좋아하지도 않는 댄서(이 여자에게는、본질적으로 바보 같은 면이 있습니다。)를 데리고、산장에 온 건、설마 하니、오늘 아침에 죽으려 작정하고、온 건 아니었습니다。언젠가、머잖아 반드시 죽을 거라고 생각을 하긴 했지만、하지만、어제、여자를 데리고 산장에 온 건、여자가 여행을 가자고 졸라대고、나도 도쿄에서 노는 데 지쳐서、이 바보 같은 여자와、이삼일、산장에서 쉬는 것도 나쁘지 않겠다는 생각에、누나한테는 좀 미안하지만、아무튼 여기로 데리고 왔더니、누나는 도쿄 친구 집에 가고、그때 문득、나는 죽을 거라면 지금이다、하는 생각이 들었던 것입니다。

나는 오래 전부터、니시카타마치 집 안방에서 죽고 싶었습니다。길거리나 들판에서 죽어、구경꾼들이 내 시체를 마구 주물러대는 건、어찌됐든、싫었기 때문입니다。그러나、니시카타마치 집이 남의 손에 넘어가고、이제 결국 이 산장에서 죽을 수밖에 없겠구나 싶었는데、하지만、자살한 나를 처음으로 발견할 누나, 그리고 누나가, 그때 얼마나 놀라고 무서울까를 생각하니, 누나와 단둘이 있는 밤에 자살하기에는 마음이 무거워서, 도저히 그럴 수가 없었습니다.

그런데, 정말, 이런 기회가! 누나는 없고, 대신, 너무너무 둔한 댄서가, 내 자살의 발견자가 되어준다니!

어젯밤, 둘이서 술을 마시고, 여자를 2층 방에 재운 뒤, 나 혼자 엄마가 돌아가신 아래층 안방에 이불을 깔고, 누워, 이 비참한 글을 써 내려갑니다.

누나.

나에겐, 희망이라는 지반이 없습니다. 안녕히.

결국, 나의 죽음은, 자연사입니다. 사람은, 사상만으로는, 죽을 수 있는 존재가 아니니까요.

그리고, 하나, 아주 부끄러운 부탁이 있습니다. 엄마 유품인 마 기모노. 그걸 누나가, 내년 여름에 내가 입을 수 있게끔 고쳐주었잖아요. 그 기모노를, 내 관에 넣어주세요. 나, 그거 입고 싶었어요.

날이 밝았습니다. 오랫동안 고생만 시켰습니다.

안녕히.

어젯밤 마신 술은, 말끔히 깼습니다. 나는, 맨정신으로 죽습니다.

한 번 더, 안녕히.

누나.

나는, 귀족입니다.

8

꿈。

　모두가、내게서 멀어져간다。

　나오지 일을 수습을 하고、그리고 한 달 동안、겨울의 산장에서 나 홀로 지내고 있었다。

　그리고、그 사람에게、아마도 이번이 마지막이 될 편지를、물과 같은 심정으로、써 보냈다。

　아마、당신도、저를 버리신 듯합니다。아니、차차 잊으시겠지요。

그렇지만, 저는 행복합니다. 제 바람대로, 아이가 생긴 것 같습니다. 저는 지금 모든 걸 잃어버린 것 같은 기분이 들지만, 그래도, 배 안에 작은 생명이, 제 고독한 미소의 씨앗이 되었습니다.

추잡스러운 실수라고, 절대로 저는 생각하지 않습니다. 이 세상에, 전쟁이니, 평화니 무역이니 조합이니 정치니 하는 것이 존재하는 이유가, 무엇 때문인지, 요즘 들어 저도 깨닫게 되었습니다. 당신은 모르시겠지요. 그래서 영원히 불행한 겁니다. 그건, 가르쳐드리지요. 여자가 예쁜 아이를 낳기 위해서입니다.

제게는, 처음부터 당신의 인격이나 책임감 따위에 기댈 마음은 없었습니다. 제 한결같은 사랑의 모험과 그 성취만이 중요했습니다. 그리고, 저의 그 바람이 완성되어, 지금 제 가슴속은, 숲속 늪처럼 고요합니다.

저는, 이겼다고 생각합니다.

마리아가, 가령 남편의 아이가 아닌 다른 사람의 아이를 낳았어도, 마리아에게 빛나는 긍지가 있다면, 성모자•가 되는 것입니다.

• 성모 마리아와 아기 예수를 소재로 한 그림.

저에게는, 낡은 도덕을 가볍게 무시하고, 예쁜 아이를 얻었다는 만족감이 있습니다.

당신은, 그날 이후로도 변함없이, 기요틴 기요틴 슈르슈르슈, 신사 숙녀 여러분들과 술을 마시며 데카당인지 뭔지 하는 삶을 이어 가고 계시겠지요. 하지만, 저는, 그러지 마세요, 라는 말은 하지 않겠습니다. 그 또한, 당신에겐 마지막 투쟁의 형식일 테니까.

술을 끊고, 병을 고치고, 오래 사시며 훌륭한 작품을, 그런 뻔뻔한 입에 발린 말은, 이제 저는 하고 싶지 않습니다. '훌륭한 작품' 같은 것보다도, 목숨을 버릴 각오로, 이른바 '악덕한 생활'을 끝까지 해나가는 편이, 후세 사람들에게 오히려 감사의 말을 듣게 될지도 모릅니다.

희생자. 도덕적 과도기의 희생자. 당신도, 저도, 분명 그럴 테지요.

혁명은, 대체, 어디에서 일어나고 있는 걸까요. 적어도, 우리들 주변에서는, 낡은 도덕이 여전히 그대로, 조금도 변하지 않고, 우리 앞길을 가로막고 있습니다. 바다 표면의 파도는 아무리 요동을 쳐도, 그 아래 바닷물은, 혁명은커녕, 꿈쩍도 않고, 자는 체하며 엎드려 누워 있는걸요.

하지만 저는, 지금까지 치른 1회전에서는, 낡은 도덕을 조금이나마 밀어낼 수 있었다고 생각합니다. 그리고, 다음에는, 앞으로 태어날 아이와 함께, 2회전, 3회전을 치를 각오를 하고 있습니다.

그리운 사람의 아이를 낳아, 키우는 것이, 제 도덕 혁명의 완성입니다.

당신이 저를 잊으셔도, 또, 당신이, 술로 인해 목숨을 잃으셔도, 저는 혁명을 완수하기 위해, 씩씩하게 살아갈 수 있을 것입니다.

당신의 변변찮은 인격에 대해서는, 저는 얼마 전에도 어떤 사람에게, 이런저런 얘기를 들었습니다만, 하지만, 저에게 이런 강인함을 준 것은, 당신입니다. 제 가슴에, 혁명의 무지개를 걸어준 것은 당신입니다. 살아갈 목표를 준 것은, 바로 당신입니다.

저는 당신을 자랑스럽게 여기고, 또, 태어날 아이도 당신을 자랑스럽게 여기도록 하렵니다.

사생아와, 그 어미.

그렇지만 우리는, 낡은 도덕과 끝없이 싸우며, 태양처럼 살아야겠습니다.

부디、당신도、당신의 투쟁을 전쟁을 계속해주세요。

혁명은、아직、전혀、아무것도、일어나지 않았습니다。더、
더、수많은 원통하고 고귀한 희생이 필요한 것 같습니다。

지금 세상에서、가장 아름다운 것은 희생자입니다。

작은 희생자가、하나 더 있었습니다。

우에하라 씨。

저는 이제 당신께、아무것도 부탁할 마음은 없지만、하지
만、그 작은 희생자를 위해서、단 하나、허락해주십사 하는 게
있습니다。

그것은、제가 낳은 아이를、딱 한 번만이라도 좋으니、당신
부인에게 안기게 해주고 싶습니다。그리고、그때、저는 이렇게
말하겠습니다。

"이 아이는、나오지가、어떤 여자와 몰래 낳은 아이예요。"

왜 그렇게 하는지、그것만은 아무에게도 말할 수가 없습니
다。아니、저 자신도、왜 그러고 싶은지、잘 모르겠습니다。하
지만、저는、무슨 일이 있어도、그렇게 해야겠습니다。나오지
라는 그 작은 희생자를 위해、무슨 일이 있어도、그렇게 해야
겠습니다。

불쾌하신가요? 불쾌해도、참아주세요。버림받아、잊혀져가

는 여자의 유일한、쩨쩨한 심술이라 여기시고、부디 들어주시

기를 바랍니다。

　M. C. 마이、코미디언。

– 끝 –

(1947년 2월 7일)

편집 후기

김동근

다자이 오사무(본명 쓰시마 슈지)가 『사양』이라는 작품을 통해 전하고자 하는 메시지를 이해하기 위해서는 일본인들이 가진 전후 사상과 민주화 과정을 들여다볼 필요가 있다. 패전국 일본을 점령한 연합국최고사령부가 강제로 시행한 일본 민주화 정책은 아이러니하게도 마르크시즘에 사상적 기반을 둔 지식인들이 주축이 되어 대단히 폭력적이고 과격한 공산주의 혁명과 유사한 방식으로 진행되었다. 이는 패전으로 인해 패배감 상실감 무력감에 빠진 일본인들을 급격히…… 뭐 이런 박사님들이 좋아하는 이야기는 집어치우겠습니다.

다자이 오사무의 출세작 『사양』은 그의 내연녀 오타 시즈코라는 여성이 쓴 일기를 소재로 쓰여진 작품으로 알려져 있습니다. 그가 『사양』을 구상하던 중에 일기를 접했는지、아니면 일기를 접하고 힌트를 얻어 『사양』을 구상했는지에 대해서는 이해관계자들마다 주장하는 바가 조금씩 다릅니다만、여기에서는 오로지 소설의 재미를 돋우기 위해 『사양』 탄생에 얽힌 이야기들을、당사자 및 주변인들의 기록과 회상、학자들의 논문、그밖에 여러 자료들을 종합하여 흥미 위주로 나열할 것입니다。이 편집 후기를 『사양』의 여담이라 생각하고、그저 가벼운 마음으로 읽어주시길 바랍니다。

오타 시즈코는 1913년 시가현의 부유한 의사 집안 딸로 태어났습니다。고등학교 졸업 후 도쿄에 있는 한 여자대학교 가정과에 입학하여 평범한 상류층 여성의 삶을 사는가 했지만、일본 전통 시에 관심이 많았던 그녀는 몰래 국문과로 전과를 시도했고、결국 아버지에게 들켜 대학을 중퇴했습니다。그리고 대학을 그만둔 후에도 고향으로 내려가지 않고 도쿄에 머물면서 시집을 발표하는 등 문학 활동을 이어갔습니다。그러다가 한 서양화가를 만나서 사랑에 빠졌으나 가족의 반대로 결혼은 하지 못하고 헤어진 일도 있었습니다。1938년、아버지 사망 후 의사였던 오빠가 병원을 물려받았지만 몸이 약해 병원을 운영할 수 없게 되어 어머니의 권유로 병원을 정리、온 가족이 도쿄로 이사를 했습니다。같은 해 동생의 직장 동료를 만나 결혼한 오타 시즈코는 이듬해 딸을 출산했지만 한 달도 안 되어 급성폐렴으로 아이를 잃고, 그 이듬해인 1940년에 이혼하여 어머니가 있는 친정으로 돌아오게 되었습니다. 이때 다자이 오사무의 애독자였던 동생이 건네준 책 『허구의 방황』을 읽고 팬이 된 그녀는 소설가가 되고 싶다는 내용의 편지에 딸의 죽음과 자신의 이혼에 관한 이야기를 적은 노트를 동봉하여 다자이에게 보냈고, 다자이가 그 편지에 답장을 한 것을 계기로 두 사람의 만남이 성사되어 결국 내연 관계로 발전하였습니다. 그녀는 적극적으로 다자이에게 편지 공세를 펼쳤으나 기혼자였던 다자이가 부담을 느꼈는지 안부를 묻는 정도의 형식적인 답장으로 일관하자 둘 사이는 곧 멀어지고 말았습니다. 1943년, 경제적인 문제에 봉착한 그녀는 모든 재산을 처분하여 어머니와 함께 가나가와현 시모소가라는 한적한 시골 마을의 산장으로 들어갔고, 산장 생활을 일기 형식으로 기록하기 시작했습니다.

한편 다자이 오사무는, 1944년 『좋은 날』의 영화화가 결정되어 각본가와 함께 아타미의 호텔에 묵으며 각색 작업을 하게 되었는데, 돌아오는 길에 오타 시즈코가 있는 산장에 들렀고 두 사람은 재회했습니다. 하지만 얼마 후인 1945년 3월,

연합군의 일본 본토 공격이 시작되었습니다. 다자이는 도쿄 미타카 집이 폭격을 받아 처자를 야마나시현 고후 처가로 우선 내려보냈고, 고후마저 공습으로 불바다가 되자 이번에는 가족을 이끌고 아오모리현 가나기 본가로 피신했습니다. 그즈음, 오타 시즈코로부터 편지 한 통이 도착했는데, 어머니가 사망했다는 소식과, 어머니와의 추억이 담긴 일기가 있으니 보여주고 싶다는 내용이었습니다. 1945년 8월 15일, 일본이 무조건항복을 선언하며 전쟁은 막을 내렸습니다. 패전국 일본을 점령한 연합군은 수많은 개혁을 단행했고, 그중 경제민주화의 일환으로 시행된 농지개혁과 재벌해체 정책으로 아오모리를 호령하던 쓰시마 가문은 저무는 해처럼 서서히 쇠락의 길을 걸었습니다. 부인 미치코 여사의 회상에 따르면 고향 가나기에 머물던 시절, 지주였던 본가의 몰락을 지켜본 다자이는 "이거 완전히 『벚꽃 동산』이구만, 벚꽃 동산이야……" 하는 말을 입에 달고 살면서 이미 집안의 몰락을 소재로 작품을 구상하고 있었고, 『사양』이라는 제목까지 정해둔 상태였다고 합니다. 다자이가 그의 스승 이부세 마스지에게 보낸 편지에는 이런 말도 적혀 있었습니다.

　"가나기 본가는 지금 『벚꽃 동산』 그 자체입니다."

그리고 이듬해、1946년 11월。 마침내 다자이는 미타카로 돌아왔고、바로 그다음 날 출판사로부터 장편소설 의뢰를 받았습니다。

"걸작을、쓰겠습니다。 대걸작을、쓰겠습니다。 대략적인 구상은 되어 있습니다。 일본판『벚꽃 동산』을 쓰려구요。 몰락 계급의 비극。 제목은 벌써 정했습니다。 사양。 기우는 해、斜陽입니다。 어떻습니까? 제목、좋지요?"

그리고 약 두 달 후。 1947년 1월、다자이 오사무는 오타 시즈코를 도쿄로 불러 이렇게 말했습니다。

"이번에 쓸 몰락 귀족 소설에、아무래도 당신 일기장이 필요할 것 같아。 쓰가루 우리 본가가 무대、주인공은 나、그 애인은 당신。 줄거리는 대강 다 됐고、마지막에는 죽음。 소설이 완성되면 만 엔 주지。"

일기를 달라는 다자이의 요구에 그녀는 산장으로 찾아오면 주겠다고 약속했습니다。 1947년 2월 하순、다자이는 오타 시즈코의 별장으로 찾아가 그곳에서 며칠을 보냈고、그녀는 약속대로 일기를 건네주었습니다。 일기를 손에 넣은 다자이는 도쿄로 바로 돌아가지 않고 어느 바닷가 여관에 머물며 집필에 착수、3월에 1장과 2장을、4월에는 잡지 2회 연재분까지 완성했습니다. 그러던 5월 어느 날, 오타 시즈코가 임신 사실을 알리기 위해 동생과 함께 미타카 자택으로 찾아왔지만 다자이는 냉담했습니다. 설상가상, 그의 새로운 내연녀 야마자키 도미에의 존재를 알게 된 오타 시즈코는 눈물을 흘리며 산장으로 돌아갔습니다. 이것이 두 사람의 마지막 만남이었습니다. 그리고 6월 말에 드디어 완성된 『사양』은 일본의 유력 문예지 「신쵸」 1947년 7월호부터 10월호까지 4회에 걸쳐 연재되었습니다. 어째서인지 다자이가 처음 구상했던 것과는 달리 주인공은 몰락한 귀족 여성이었지만, 반응은 뜨거웠습니다. 11월, 오타 시즈코는 다자이 오사무의 딸을 출산했고, 이 사실을 알리러 그녀의 동생이 미타카로 찾아와 아이 이름을 지어줄 것을 요구하자 자신의 이름(太宰治)에서 한 글자를 따 하루코(治子)라는 이름을 지어주면서 매달 만 엔의 양육비 지원을 약속했습니다.

12월, 마침내 단행본으로 출간된 『사양』은 패전 직후라는 악조건에도 불구하고 중쇄에 중쇄를 거듭하는 기염을 토하며 베스트셀러에 등극, 다자이 오사무는 문학계의 스타로 떠올랐습니다. 이듬해인 1948년 6월, 다자이 오사무는 『인간실격』 탈고 후 내연녀 야마자키 도미에와 함께 다마가와 죠스이 수로에 투신, 스스로 목숨을 끊었습니다. 자살 직후 잡지에 발표, 7월에 전격 출간된 자전적 소설 『인간실격』은 공전의 히트를 기록하며, 다자이 오사무는 일본에서 가장 유명한 소설가가 되었습니다.

이렇게 다자이 오사무의 이야기는 끝이 나지만, 오타 시즈코의 이야기는 아직 조금 더 남아 있습니다. 1948년 6월, 다자이의 자살 후, 그의 서재에서 오타 시즈코의 일기가 발견되었습니다. 8월, 스승 이부세 마스지, 동료 곤 간이치, 이마 하루베가 오타 시즈코를 찾아가 일기장을 건네주며 다음과 같은 약속을 지키는 대가로 『사양』 개정판 인세 10만 엔을 제시했습니다.

"다자이 오사무의 명예 및 작품에 손상이 가는 일체의 언동(신문 및 잡지 인터뷰, 관련 도서 출간 등)을 하지 않을 것."

당장 양육비가 필요했던 오타 시즈코는 그 돈을 받을 수밖에 없었습니다. 그러나 딸 하루코에 대한 쓰시마 일가의 냉대가 계속되자 이에 반발하며, 10월에 『사양 일기』라는 제목의 책을 출간했습니다. 그러나 『사양』과 일치하는 부분이 너무 많아 오히려 다자이 사후에 날조한 게 아니냐는 의혹에 휩싸이기도 했습니다. 이후로도 『서글픈 나의 노래』 『사양의 아이를 안고서』라는 다자이 오사무와의 관계를 회상하는 내용의 책을 발표했지만 문학적으로 인정을 받지는 못했고, 신문잡지 인터뷰에도 다수 응했으나 다자이의 인기를 이용하려는 편집자의 감언이설에 속아 베드신 같은 내용만 부각되어, 결국 둘 사이의 이야기는 한낱 가십으로 전략하고 말았습니다.

그리고 많은 시간이 흘렀습니다.

1982년。오타 시즈코、간암으로 사망。향년 69세。

사양의 아이 오타 하루코、2020년 현재 73세。작가。

ㅁ 참고문헌 ㅁ

『新潮 1998. 7』「斜陽」と「斜陽日記」, 野原一夫 (新潮社)

『太宰治大事典』「太宰治年譜」, 岸睦子 (勉誠出版)

『太宰治全集第十四巻』「斜陽 後記」, 津島美知子 (近代文庫)

『国文学 1991. 4』「斜陽論」, 高田知波 (国文学)

오타 시즈코와 딸 오타 하루코

순즈 철도

◉ 미시마

◉ 이즈나가오카

◉ 슈젠지

이즈반도

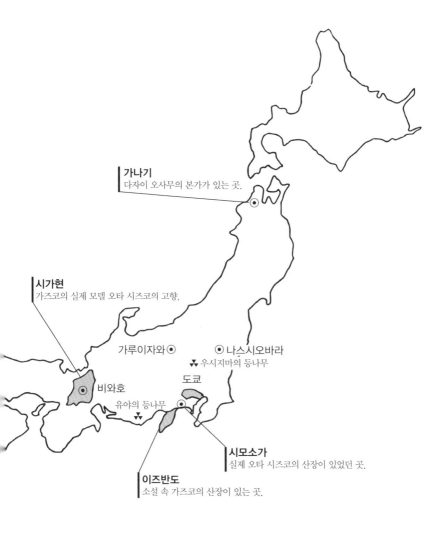

가나기
다자이 오사무의 본가가 있는 곳.

시가현
가즈코의 실제 모델 오타 시즈코의 고향.

가루이자와 ⊙

⊙ 나스시오바라

⯆ 우시지마의 등나무

⊙ 비와호

도쿄

유야의 등나무
⯆

⊙

시모소가
실제 오타 시즈코의 산장이 있었던 곳.

이즈반도
소설 속 가즈코의 산장이 있는 곳.

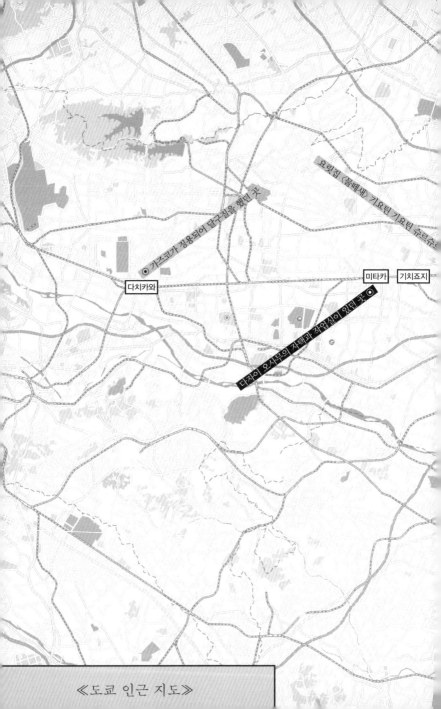

요릿집 〈물레제〉 기요틴 기요틴 슈르슈르

가즈코가 청용되어 달구질을 했던 곳

다치카와

미타카   기치죠지

다지의 오사무의 자택과 작업실이 있던 곳

≪도쿄 인근 지도≫

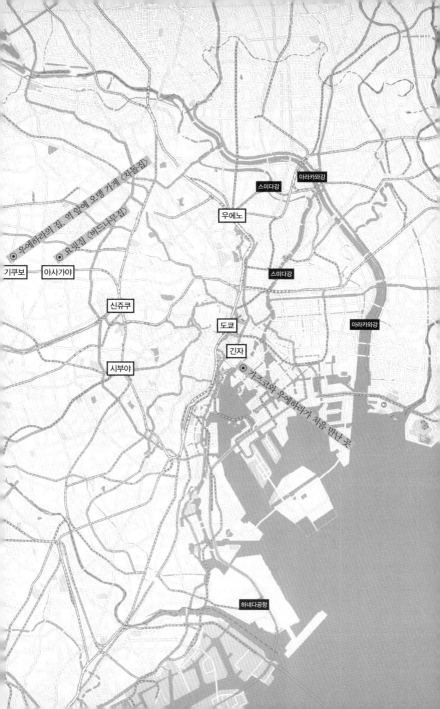

우에하라의 집 역 앞에 오뎅 가게 〈차동집〉

요뢰점 〈버드나무집〉

기쿠보

아사가야

스미다강

아라카와강

우에노

신쥬쿠

스미다강

도쿄

긴자

아라카와강

시부야

가즈코와 우에하라가 처음 만난 곳

하네다공항

《1947년의 도쿄》

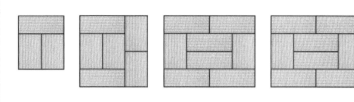

석 장　　　　여섯 장(육첩방)　　　　여덟 장　　　　　열 장

다다미 매수별 방 면적 비교

화롯장(히바치)

기모노 차림의 다자이 오사무

피에타의 마리아(미켈란젤로作)

도코노마(장식탄)

도쿄 극장

마루노우치 호텔

기요틴(단두대)

오타 시즈코가 살았던 시모소가의 산장(2009년 화재로 전소)

니콜라이당(도쿄 부활 대성당 교회)

안개 낀 루앙 대성당(모네作)

일본의 다세대 주택(아파트라 부르고 방과 독립된 부엌, 화장실이 딸려 있다)

줄무늬 하카마를 입은 남자 아이들(좌측 두 번째가 다자이 오사무)

다자이 오사무가 즐겨 입던 니쥬마와시(망토옷)

성모자(라파엘로作)

斜陽
사양

1판 2쇄   2023년 8월 15일

지 은 이   다자이 오사무
옮 긴 이   김동근
발 행 처   소와다리
주   소   인천광역시 남구 구월로 40번길 6-21번지 3가동 302호
대표전화   0505-719-7787
팩시밀리   0505-719-7788
출판등록   제2011-000015호(2011년 8월 3일)
이 메 일   sowadari@naver.com

※잘못 만들어진 책은 구입하신 서점을 통해 바꾸어드립니다.

ISBN 978-89-98046-90-3 (04830)